COLLECTION FOLIO

Christophe Bourdin

Le fil

Gallimard

Christophe Bourdin est né dans les Vosges, à Épinal, en 1964. *Le fil* est son premier roman.

1

Temps des hypocondries

hypocondrie n.f. Symptôme psychiatrique caractérisé par l'orientation générale de la vie psychique vers des préoccupations concernant l'état de santé, et qui exprime à la fois *un désir et une crainte de la maladie* *.

Larousse encyclopédique.

* C'est toi qui soulignes.

Tu prévoyais des dangers partout.

Tu ne sortais jamais, dès une menace au ciel, sans emporter un parapluie ni t'habiller chaudement. Tu avisais, derrière les vitres, l'inclinaison des arbres, l'énervement des branches ou le départ des feuilles sous l'action du vent. Dans la rue, des passants remontaient le revers de leur imperméable, d'autres serraient les pans de leur manteau ; des crachins lissaient des mèches aux fronts ; de l'eau filait sur les toitures et mouillait la chaussée ; des ruisseaux se formaient dans les gouttières et les rigoles ; des flaques commençaient d'apparaître aux trottoirs ;

tu t'inquiétais de la température ; tu regardais les tubes pleins de mercure des thermomètres ; tu as vu des buées se condenser sur des carreaux, le givre y dessiner de minuscules géométries ; tu as vu, par des fenêtres, moutonner l'horizon, s'obscurcir des lointains, des orages se faire et se défaire, des bruines charger l'espace et des averses rayer la ville. Des neiges tomber, l'hiver.

Tu savais la couleur et le nom des nuages.

Tu t'es couvert, te protégeant la tête, les oreilles, la gorge et la poitrine, contre le mauvais temps, les courants d'air, l'humidité des nuits et la piqûre du froid, coiffant casquettes, capuches et bonnets, vérifiant les attaches, fixant des adhésifs, appuyant sur des pressions, tirant sur des cordons, laçant des nœuds sous ton menton ; tu as fermé des boutons ; tu as relevé tes cols ; tu as enroulé, autour de ton cou, de longues écharpes, épaisses et rassurantes ; tu te sentais exposé à des périls, à des nuisances probables, poreux à bien des agressions ;

tu aimais les matières solides et chaleureuses, les laines et les duvets, les plaids, les molletons accueillants, les grosses toiles, les tissus denses et résistants, les cotons pesants, les lourds blousons ; tu variais les étoffes ; tu portais toujours plusieurs niveaux de vêtements, accumulant, superposant tee-shirts, chemises, gilets et pulls, construisant des écrans, t'aménageant, très près du corps, un doux enveloppement, un foyer. Un séjour favorable où tu te réchauffais.

Tu te gardais d'apposer n'importe où la paume de tes mains ; tu inspectais, dans tous les lieux publics, dans les services des administrations, dans les transports en commun, dans les allées d'une promenade, la propreté des sièges, des bancs où tu pensais t'asseoir. Que tu présupposais viciés par le passage innombrable des autres. Aux caisses, aux guichets, aux comptoirs où tu devais poser tes coudes, brillaient les formicas et les inox : luisaient toujours un peu des traces, des reflets, les marques digitales, empreintes sur les surfaces, de tous ceux qui t'avaient précédé. Tu avais écarté les habitudes que tu sentais dangereuses, imaginé des garanties, des prudences, des réflexes sauveurs. Tu as rêvé, quelques fois, à des gants invisibles, permanents, que tu aurais portés comme une seconde peau.

Tout contact t'était suspect qui te semblait imposé, auquel tu n'avais pas auparavant décidé de consentir, dont tu n'avais pas eu le temps de décréter d'abord qu'il s'agissait d'une proximité inoffensive, et qu'il n'exposerait ta bonne santé à aucun risque sûr ;

tu te méfiais des files d'attente, de la promiscuité, des multitudes insaisissables, des bousculades, des rapprochements soudains avec la foule, de sa mobilité sur les trottoirs, dans des galeries ou sur des quais ; tu redoutais les endroits clos et populeux, les collectivités, l'encombrement des magasins, des grands boulevards et de certains quartiers, la sortie des bureaux, les affluences obligatoires du matin et du soir, des stations et des gares ; tu t'éloignais doucement des attroupements, des lieux où on se rassemblait, en bifurquant pour t'isoler ; tu franchissais les groupes, les agglutinations, les flux d'individus, toute marée humaine, rapidement ;

tu entendais les toux et tu voyais les rhumes ; tu craignais les haleines et les éternuements ; dans les trains, les ascenseurs, les bus et les métros, un voyageur, un usager était voisin de toi, debout, ou bien assis sur une banquette ou sur un strapontin, un piéton, dehors, à tes côtés, s'avançait ou se penchait vers toi qui commençait de s'éclaircir la voix, de renifler, de vouloir se moucher, tu t'abstenais machinalement de respirer, tu détournais la tête en reculant comme on esquive un coup, ou en accélérant, si tu marchais et qu'on te précédât, la cadence de ton pas ; tu questionnais parfois le sens et la vitesse du vent ; tu dépassais les quintes et les microbes dont tu ne doutais pas qu'on te les eût transmis ; tu t'accordais seulement, une fois mis hors d'atteinte, de sortir de l'apnée où tu t'étais contraint.

(Bien des années plus tard, de même, tu bloquerais tes poumons quand tu passerais, à l'hôpital, devant le local où étaient pratiquées les fibroscopies bronchiques, croyant sans doute que les virus pouvaient, comme dans ces cartoons et ces bandes dessinées où une odeur, de la fumée, un gaz ou du parfum est figuré par un ruban flottant dans l'air, occuper des zones précises de l'espace, empoisonnant le couloir que tu traversais, toi, envisageant la contagion, te retenant d'inspirer pour empêcher qu'aucun germe entrât par les conduits de la bouche et du nez.)

Il arrivait qu'autrui t'apparût hostile, mauvais comme un produit toxique ; tu pouvais avoir peur d'un clochard dans la rue, d'un vieillard souffreteux, d'une personne enrouée, d'un nourrisson, d'un enfant aux narines pleines ou à la gorge prise, d'un grippé, d'un malade apparent ou simplement possible. Tu étais soupçonneux.

Tu as cru, plus d'une fois, devenir presque fou.

Tu essuyais discrètement d'un linge propre, d'une serviette ou d'un mouchoir, au restaurant, invité chez les autres, derrière des nappes, les mains glissées sous le plateau des tables, sans qu'on remarquât rien, les couverts, assiettes, verres et plats dont tu n'étais pas sûr qu'ils eussent été correctement rincés ; tu relavais toujours, si tu pouvais ou qu'on te le permît, ou demandais qu'on t'en changeât, la vaisselle qui présentait des auréoles ou des aspérités que tu jugeais douteuses ;

tu refusais, lors d'un repas, au marché, qu'on te servît sans que tu eusses avant constaté de toi-même la qualité des aliments ; tu n'aimais pas, sans y avoir acquiescé, qu'on choisît tes denrées à ta place ; tu déclinais poliment ou tu jetais chez toi, les mets suspects, les fruits talés, les nourritures connues pour s'avarier très vite, ce qui paraissait rance ou manquer de fraîcheur, ce qui semblait avoir commencé de tourner un peu, toujours ce qui était tombé au sol ; tu as surveillé attentivement la cuisson des viandes, évité de consommer du bœuf haché, du porc, des charcuteries ; tu as regardé, sur les articles, les dates de péremption, suivant scrupuleusement les modes d'emploi et les consignes qu'on y donnait pour les conservations ;

tu as nettoyé tes mains, consciencieusement, répétant l'opération une bonne vingtaine de fois par jour, renouvelant très fréquemment serviettes et torchons (comme, par ailleurs, tu le faisais aussi pour les taies d'oreiller, tes draps, ton linge de corps) ; tu as pris des douches nombreuses et longues, des bains à l'eau profonde et chaude ; tu n'as plus jamais mis tes doigts à ta bouche.

L'hygiène préserverait.

Il te prenait, régulièrement, une hâte : l'urgence du ménage. Tu constatais l'entassement des affaires, tes vêtements éparpillés un peu partout, les désordres récents, survenus semaine après semaine, les tiroirs encombrés, le vrac des papiers, tout mélangés sur l'abattant du secrétaire. Tu rangeais soudainement ces fouillis de ta chambre. Irréprochablement. Comme s'ils avaient pu être, par-delà la matérialité des choses, le signe d'une autre dispersion, de ta propre impuissance à insérer les événements de ta vie dans une trame cohérente, à les organiser, les unifier, à leur donner la souplesse d'une liaison. Tu passais des chiffons sur des surfaces, aux contours des meubles et des objets ; tu aspirais les poussières aux moquettes, effaçant les dépôts, ouvrant grand les fenêtres, tapant les traversins, secouant des habits ; tu classais des dossiers, faisais des piles qui étaient symétriques. Tu parcourais, à la fin, au bout d'une heure ou deux, installé sur une chaise ou accroupi par terre, la succession des livres aux étagères de ta bibliothèque, leurs tranches lisses et glacées, parfaitement alignées, les cahiers ajustés bord à bord, l'empilement homogène des boîtes et des cartons, les arrangements nouveaux ; tu regardais les unifications et l'ordre rétabli. L'harmonie retrouvée. Alors tu te sentais neuf à ton tour. Évident comme cette pièce rangée. Propre, également. Ton existence, dans ces moments-là, pouvait te sembler à sa place. Claire et équilibrée.

Car tu aurais aimé que chaque journée qui s'ajoutait aux précédentes fût inscrite dans le mouvement uniforme d'une continuité, qu'aucun accident ne vînt briser la ligne droite de ton histoire, le cours de ton destin ; tu aurais voulu que chacune des décisions que tu prenais fût issue logiquement de décisions passées, que les heures qui s'enchaînaient fussent jointes, comme liées par un pacte, et non plus simplement contiguës, juxtaposées les unes aux autres ; et pourquoi pas, que le futur rappelât le présent toujours.

(Tu avais aimé, enfant, tout ce qui paraissait ramener au connu, ce qui reproduisait l'ancien, ce qui se ressemblait, les fréquences, les reprises, les événements qui répétaient la vie, les cycles, le retour des saisons, ce confort des recommencements, les rangées parallèles des marchandises dans les magasins, la séquence des conserves, les superpositions jumelles et les similitudes, les collections aussi, qui propageaient, qui démultipliaient les choses, et les nomenclatures, les recensements, les sommes, les totalisations, ce qui voulait épuiser la réalité, ce qui semblait pouvoir renfermer le monde, les encyclopédies qui détenaient l'univers, les dictionnaires qui rassemblaient les mots d'une langue, les répertoires alphabétiques qui recueillaient le téléphone et l'adresse des amis, tous les fichiers, les énumérations, la liste des élèves qui résumait une classe dans une école, les annuaires qui regroupaient le nom des abonnés d'une ville, d'un département, d'une région, les almanachs, les calendriers, les agendas et les éphémérides, offerts le jour de l'an, qui possédaient l'année entière, et puis, surtout, les catalogues, où, page après page, on dénombrait tous les vêtements, de la chemise à la chaussure, tous les objets, les outils, ustensiles en tous genres, appareils ménagers, le mobilier, les jouets, les gadgets, répertoriés, classés par thème, indexés à la fin ; tu prenais dans tes mains le livre lourd, tu te calais dans un fauteuil, tu tournais les feuillets un à un, tu suivais les images qu'on y avait incluses, des chiffres, des numéros se succédaient, tu détaillais ce qui constituait pour toi un ensemble invariable. Une totalité.)

Tu as enduit ton corps, dès un dessèchement, de crèmes hydratantes, étalé des pommades à la première irritation ; tu encombrais ta pharmacie particulière de flacons, de bouteilles, de lotions, de sérums, de savons spéciaux, de pains aux contenus élaborés, de baumes apaisants, de pâtes aux prétentions *hypoallergéniques* et *dermoprotectrices* ; s'y retrouvaient également divers désinfectants, des préparations qui décongestionnaient, d'autres pour cicatriser, des solutions bactéricides, des tubes, des sprays, des émulsions, des mousses, des fluides, des gels contre les champignons, puis de la gaze, du sparadrap, la ouate de cellulose et les pansements indispensables, stériles et adhésifs ; tu as imbibé des compresses, humecté, tamponné ta peau d'alcool, absorbé, à la suite d'une coupure, des gouttes de sang dans du coton, soignant immédiatement les chocs, les bobos, les contusions, les écorchures, gerçures, crevasses, les petits traumatismes qu'occasionnait la vie courante, les gestes quotidiens (se servir d'un outil, manipuler un ustensile, ouvrir, refermer, déplacer, réparer un objet), t'imaginant que même les plaies les plus superficielles, si elles n'étaient pas rapidement traitées et que tu n'y appliquasses l'antiseptique qui brûlerait les germes, s'infecteraient, s'accroîtraient, se nourriraient, profiteraient certainement de la faiblesse possible de ton immunité. Tu as sucé des pastilles à de simples picotements aux amygdales, à des difficultés à déglutir, inhalé, au moindre sifflement dans ta poitrine, sans consulter l'avis d'aucun docteur, des collutoires, des brumes antibiotiques que tu gardais au fond de ton cartable ou dans tes poches. Tu n'utilisais pas les mouchoirs en papier, même propres, que tu avais trouvés sortis de leur étui : ils étaient, pour toi, déjà usagés. Tu te sentais environné par des microbes.

L'idée, la perspective de tomber malade un jour t'avait rendu hypocondriaque.

Tu es entré dans des pharmacies, sans qu'aucune affection ne se fût déclarée, bien avant les fatigues et les vrais soupçons, pour y acheter des stimulants, des fortifiants, des compléments alimentaires, des barres roboratives ; tu as suivi des cures, pris des gélules, des comprimés, des cachets dont tu écoutais pétiller l'effervescence dans l'eau des verres, essayé toutes sortes de granulés, des graminées, des végétaux aux formes compliquées et aux noms exotiques, avalé des capsules colorées, gommeuses d'affaiblissement et donneuses d'énergie ; tu as ouvert et vidé des sachets en déchirant les bords selon les pointillés, cassé des ampoules, déversé des contenus dans le creux des cuillères ; tu as, méthodiquement, ingéré, avant le sport, pendant, après l'effort, des protéines dont tu as délayé la poudre dans du lait ;

(tu fréquentais parfois les herboristeries : une clochette, suspendue aux traverses des portes, tintait, avertissant de ton passage à l'officine ; les lattes des parquets étaient sonores, les bois étaient cirés, des senteurs inconnues et mêlées surprenaient l'odorat ; on voyait, sur des établis, des trébuchets, de vieilles balances aux plateaux de cuivre, et puis des jattes et des corbeilles, disposées sur des présentoirs, pleines des assortiments pour les tisanes, les décoctions, les infusions ; tu suivais, aux murs, l'alignement rigoureux des faïences, l'enchaînement des pots, des urnes, les inscriptions sur la panse des vases, les noms latins, les dénominations savantes, la série des bocaux translucides, des fioles remplies des macérats, des teintures-mères, des huiles et des concentrations, la sélection, aux étagères, des plantes médicinales, des espèces différentes, la gamme des extraits secs ou bien liquides, les stocks, les graines, les semences, les racines, les tiges, les écorces, les feuilles, les fleurs, les pétales et les baies, entières ou concassées, conditionnées dans l'enveloppe d'un papier blanc) ;

tu recoupais les conseils diététiques, comparant les produits, t'informant des incidences sur l'organisme, de nos besoins à satisfaire et des carences à éviter, cherchant des combinaisons, étudiant les mélanges ; chaque aliment, expliquait-on dans des dépliants, devait apporter journellement sa part utile de protides, de glucides, de lipides ; tu découvrais des mots et des formules ; tu lisais sur les paquets, dans les supermarchés, devant les rayonnages, sur les boîtes dont tu t'emparais, la liste des ingrédients, les compositions, les fiches nutritionnelles, les analyses moyennes, les proportions qui les accompagnaient, les dosages, les pesées, les pourcentages, les milligrammes, les valeurs caloriques, l'inventaire des vitamines et des minéraux, le détail des oligo-éléments et des acides aminés, les richesses en fibres, en sels, le statut des puretés, la revue des bienfaits et des principes actifs, la mesure des apports en azote, en calcium, en carbone, en chrome, en cobalt, en cuivre, en fer, en fluor, en magnésium, en manganèse, en phosphore, en sélénium, en sodium ou en zinc ; des emballages promettaient des articles enrichis, on y vantait la présence d'éléments naturels, on annonçait des teneurs garanties en substances essentielles ;

tu as poussé des caddies, chargé des sacs et des paniers ; tu choisissais, aux étalages, regardant les couleurs, palpant les consistances, des pamplemousses, des citrons, des oranges, des kiwis, des bananes, et puis de la gelée royale, des céréales, du soja, du ginseng, du pollen et du miel : les fruits, les nourritures dont tu savais qu'on les recommandait pour leurs propriétés.

Tu as traité des maux qui étaient théoriques.

La maigreur était odieuse. Tu le savais. Elle t'effarait quand elle prenait le corps d'un autre. Il arrivait qu'elle fît, sur des malades, un spectacle qu'on n'oubliait pas.

Tu as mangé surtout. Tu as, très tôt, gonflé arbitrairement tes repas ; tu as, graduellement, au fil du temps, des mois puis des années, avant qu'il ne fût devenu impossible pour toi de décider chaque chose, avant qu'une force supérieure à ta volonté ne t'empêchât de contrôler parfaitement ton appétit, ton poids, ton apparence, ta forme, enfin ta vie, multiplié, doublant d'abord, triplant ensuite, tes rations quotidiennes ; tu as tout augmenté : les féculents, les quantités de pâtes, de riz, le pain, les légumes, les viandes, le poisson, le nombre d'œufs, les unités de fruits consommés par jour, tout, toutes les doses, toutes les portions, tous les volumes, l'épaisseur des tranches, les hors-d'œuvre et les desserts, les laitages, les parts de fromage, les yaourts, toutes les boissons. Même l'eau. Tu avalais, sans modération, jusqu'à la satiété. Ça te laissait, souvent, très près de la nausée.

Un léger amaigrissement aurait signifié que quelque chose arrivait, qu'un mal commençait d'attaquer vraiment, se propageant dans toi, démarrant sa corruption du sang, des organes et des muscles, qui conduirait nécessairement à ce à quoi tu ne pourrais supporter qu'aucune maladie te réduisît jamais : à un corps altéré, raide, malhabile et osseux. Pénible à voir et à montrer. Difficile à porter.

Une perte momentanée de l'appétit, une courte indigestion te tourmentait déraisonnablement quand tu étais persuadé que cette option, que cette folie alimentaire protégerait, ralentirait un cheminement, tant tu avais fini par associer confusément la qualité et la durée de ton avenir au poids de nourriture ingurgitée ; soudain incapable, quand un événement dérangeait ton projet de t'asseoir à une table, ou quand un imprévu semblait t'avoir privé un peu, de rien entreprendre, d'aucun effort physique, d'aucun travail suivi, d'aucune concentration : il fallait, pour que tu consentisses à sortir, à voir du monde, à vivre normalement, que tu remplisses exagérément ton estomac. Que tu mangeasses sans faim.

Les restrictions te contrariaient que t'imposaient des circonstances : le manque de temps par exemple, ou bien parfois, rarement, le manque d'argent (tu étais étudiant), ou encore l'égoïsme involontaire d'un ami qui partageait ton repas, qui t'invitait, qui ne pouvait évidemment concevoir que trop manger ne fût pas impoli de ta part, ni secondaire pour toi.

Tu débusquais machinalement des yeux, sans qu'il y parût, dans les sauces, sous les garnitures, les beaux morceaux que tu espérais bien qu'on te céderait.

Au restaurant, dans les cafétérias, dans les cantines où tu t'alimentais, tu insistais pour qu'on te réservât les meilleures parts ; tu plaisantais avec les cuisinières et les serveuses, sans doute afin qu'elles se souvinssent de toi et de ta bonne humeur, afin qu'on ne négligeât pas, la fois suivante où tu viendrais, de bien continuer à te favoriser.

Tu n'omettais jamais, où que tu fusses reçu, de parler insidieusement de ton gros appétit, de ta grande taille, des sports que tu pratiquais assidûment et qui t'affamaient.

Tu souriais, on comprenait que tu fusses si gourmand, on ajoutait pour toi des suppléments, on t'accordait volontiers les quartiers rares, les pièces royales. On acceptait de te servir avantageusement.

Tu n'aimais pas la frugalité de certains mets, les assiettées mesquines, les plats chichement fournis, les collations timides, parcimonieuses ; tu voulais du copieux, les bouchées doubles, des accumulations, des menus consistants, des platées abondantes, larges et franches, des mesures généreuses, allongées, des viandes rouges, oblongues, lourdes de sang, et puis aussi ce que les autres excluent ordinairement de leur régime : les matières grasses, les huiles, les beurres, étalés en couches épaisses sur des tartines, toutes les graisses, le lait entier, les sucres également, les friandises, les chocolats et les pâtisseries.

Tu voulais percevoir que tu étais repu. Que la

ceinture de ton pantalon fût serrée contre ton estomac. Tu détestais la sensation d'un ventre vide. Ou qu'il y subsistât des creux.

Alors, souvent, après ces repas où tu te rassasiais et qui apparaissaient aux yeux de ceux qui, certaines fois, t'accompagnaient, à l'origine en toi de mystérieux bonheurs, d'aises incompréhensibles, tu étais satisfait, en dénouant d'un cran la boucle de ton ceinturon, en te déboutonnant un peu pour te permettre de respirer mieux, le corps élassé sur une chaise ou enfoncé dans un fauteuil, tu étais satisfait, non pas tellement que ce geste anodin te libérât d'une gêne, mais bien qu'il fût la garantie que tu te préservais par des excès, qu'ils te gardaient de quelque chose, qu'en fait, peut-être, tu échapperais à un destin.

Cet inconfort de l'estomac avait pour toi des vertus infinies.

Parfois aussi, tu allais t'installer, principalement après le déjeuner, quand tu ne te rendais pas immédiatement au sport ou bien à l'université, et que le temps le permettait, dans quelque endroit tranquille, plein de verdure, protégé de la rue par des arbres, peuplé d'oiseaux et de visiteurs lents (sur un banc, dans un jardin public ou dans un square, sur la promenade fleurie d'un grand boulevard), où tu pusses, aidé par le soleil, alourdi de nourriture, tout ensommeillé, attentif à ce qui se produisait en toi, ancré dans la sécurité d'une pesanteur, te détendre un peu ; alors il te semblait, à la différence pourtant d'un gastronome ordinaire occupé simplement par son indolence, sentir organiquement, dans cette hypnose de la digestion et cette tension de l'abdomen, agir une thérapie secrète.

Tu mangeais tout le temps. Tu n'attendais jamais que l'appétit te vînt. Aux quatre grands repas, immuables, logiques, planifiés, du petit déjeuner, du midi, du goûter et du dîner, s'en surajoutaient d'autres, quelle que fût l'heure de la journée, du matin ou du soir, que tu prenais sans les avoir prévus, anarchiques. Subitement vitaux. Tu t'inventais, aux tables des cuisines, des boulimies et des nécessités. Tu te levais, parfois, pendant la nuit. Tu tirais vers toi la porte du réfrigérateur. Une ampoule éclairait les parois intérieures. Tu repérais instantanément l'essentiel sur les grilles, sur les plateaux, conservé dans des feuilles en aluminium ou enfermé dans des boîtes transparentes. Dont tu convertissais, mentalement, le contenu en bienfaits. Dans un instant, dans le silence de la maison, devant l'assiette, quand tu serais assis, manger serait indispensable et doux.

Tu entretenais ta forme. Tu pratiquais des sports. Tu te rendais régulièrement dans des gymnases. Toujours, au moins, selon que tu fusses très disponible ou pas, de trois à quatre fois, du lundi au dimanche ; souvent, au mieux, tous les jours de la semaine. Tu avais décidé de corriger ton image, de maîtriser ta silhouette, d'y imposer des lignes. De la modeler. D'ajouter des reliefs. Tu as voulu changer. Tu t'allongeais sur des bancs, tu t'asseyais à des machines, soulevant des haltères, tirant sur des barres métalliques ; des mécanismes et des poulies étaient actionnés ; des plaques montaient et descendaient ; tu voyais, en l'air, l'acier que tu tenais, les bras écartés et tendus, se rejoindre au-dessus de ta poitrine, te concentrant convenablement sur la répartition des forces, exécutant correctement chacun de tes mouvements, buvant, après chaque série, d'invraisemblables quantités d'eau, penché à des fontaines qu'on avait installées dans des coins, t'imaginant plus ou moins consciemment que cette boisson, que tous ces litres arriveraient toujours à te débarrasser de quelque chose, à chasser le mauvais, à te laver d'hypothétiques impuretés intérieures, de tes scories, peut-être un peu comme une rivière ou comme un fleuve arrache à ses rives et son lit les débris qu'il entraîne et qui gênaient sa course. Tu étudiais, dans des glaces, la largeur de tes épaules et la tenue du dos. Tu te vérifiais. Tu comparais ton reflet aux souvenirs que tu avais gardés de toi, te réjouissant de ces efforts qu'aucun essoufflement ne savait interrompre. Tu te sentais robuste et à l'abri. Séance après séance, tu assistais à un embellissement.

Dès lors, la maladie ayant toujours présupposé pour toi faiblesses, diminutions physiques, amaigrissements, émaciations, perte de l'énergie, comment parvenir à croire qu'un virus fût actif en toi ou que tu fusses atteint, quand ton corps, constamment réformé par l'exercice, obéissait parfaitement, que tu sentais qu'au fil des mois il se développait, et que tu constatais, debout, pieds nus sur des balances, le bénéfice des précieux kilogrammes que tu prenais ponctuellement ?

Tu te pesais souvent. Mais tu avais appris à connaître les heures et les moments, les circonstances où il était préférable, pour ne pas t'inquiéter, d'oublier de le faire. Par exemple, tu évitais de contrôler ton poids quand tu n'étais pas sûr, à l'issue d'une courte indisposition ou d'un manque passager de courage (lesquels t'avaient frustré de sport ou d'un repas), que l'appareil attesterait que tu avais grossi, ou, ce qui était plus grave, lorsque tu suspectais avoir maigri un peu. Tu savais toujours quand ne pas affronter le verdict de la pesée.

Mais quand la pointe de l'aiguille indiquait que tu prenais du poids, c'était, en penchant vers la droite, de l'assurance, des convictions qu'elle renforçait, beaucoup de vie qu'elle allongeait sûrement, des jours illimités, un petit peu d'éternité qu'elle semblait apporter et qu'elle ouvrait dans son inclination.

C'était surtout quand tu venais de t'exercer longtemps, pendant une ou deux heures, quand tu venais de t'étourdir, après ton entraînement, assis dans un hammam (tu aimais rester ainsi longuement dans ces grands cubes carrelés de céramique du sol jusqu'au plafond, ramassé sur toi-même, au plus près de l'endroit où la vapeur était produite, fermant les yeux, conscient des sensations, tu aimais que chaque point de ton épiderme fût sollicité par de la chaleur, tu étais attentif à percevoir que ça t'environnait, qu'elle te faisait du bien, que la faïence brûlait où tu étais placé), de reposer ensuite ta fatigue dans des salles silencieuses réservées à cet effet (et ta propre chaleur commençait d'affleurer à tes pores, et tu n'étais jamais bien loin, quand tu te détendais dans un transat, de t'assoupir parfaitement) ; ces jours où tu t'apercevais, après t'être douché, dans des miroirs fixés un peu partout dans les vestiaires, la peau rafraîchie, les cheveux lissés par les dents d'un peigne, le torse, les épaules et le dos redressés par l'effort ; ces jours où tu voyais que tout ton corps était grandi, renouvelé, que tu te supposais, face à ton casier, en rangeant tes affaires dans ton sac, en pliant ta serviette, en passant un maillot propre et blanc, odorant la lessive, dans cette paix des gestes redevenus amples et faciles, agréablement ralentis, que tu te supposais le plus inaccessible aux maladies. Tu étais intouchable.

Tu as tenté, bien avant qu'on ne t'apprît officiellement que tu étais infecté, de conjurer un sort dont il n'était pas impensable qu'il t'échût, d'inverser une tendance possible, de reculer une échéance, de retarder un processus, de te consolider par anticipation, quand tu savais que le mal pouvait marquer outrageusement ceux qu'il avait touchés, de sentir le travail physique comme une réponse, une défense, une arme. L'argument d'une pérennité.

Tu as porté les paquets les plus lourds, marché vivement, dégringolé des escaliers quatre à quatre, dépassé des paliers en courant, monté des étages à pied, gravi les degrés à grandes enjambées, sans le secours de l'ascenseur ni de la rampe. Tu en étais capable. Tu te hâtais. Tu t'essoufflais volontairement.

Il t'arrivait aussi, périodiquement, de vouloir confronter ta résistance et tes limites à l'aune de celles des autres. Tu lançais des défis et de petits concours ; tu profitais d'une réunion, d'une fête ou d'une soirée ; tu désignais tes futurs adversaires parmi tes frères ou des amis présents ; tu pariais ta victoire ; alors, à la fin d'un repas, pour amuser, au dessert, poussant assiettes, carafes, plats et couverts, sur la table où vous terminiez de manger, dans une cuisine ou dans un restaurant, en remontant chacun les manches de sa chemise ou de son pull, on acceptait joyeusement l'épreuve, on se prêtait finalement au jeu ; les bras se rapprochaient au-dessus des nappes, les peaux se rencontraient, les mains et les doigts se nouaient, on voyait se raidir les fuseaux de vos muscles ;

ou encore, quelquefois, sur une pelouse, dans un parc, sur une route, bravant la pluie, le vent, le froid, toutes les intempéries, le soleil ou la nuit, tu provoquais des courses ; tu perdais, tu gagnais, on riait, on était en nage ;

on ignorait que tu te proposais, le plus souvent, dans ces compétitions de rien du tout, d'exposer ton avenir au lieu de ton honneur.

Et puis, petit à petit, il est arrivé, à quelque bizarrerie du corps, à des sensations neuves, à la naissance de phénomènes jamais surgis jusqu'ici dans ta vie, autant que tu fusses capable de te le rappeler, trop insolites, trop nouveaux pour qu'on en détournât rapidement ses pensées, mais trop faibles encore pour qu'on s'y arrêtât longtemps, aux premières suées étranges par exemple, dans ton lit, la nuit, qui mouillaient draps et linge et dont tu n'éprouvais l'humidité qu'au réveil, au matin, ou encore à la suite d'une petite fièvre que tu ne t'expliquais pas bien, d'une toux légère mais qui avait duré un peu, au cours de ces refroidissements, d'un rhume sans gravité qu'aucun mouchoir ne parvenait pourtant jamais à résorber totalement, à ces riens qui se succédaient sans t'affecter vraiment, avant qu'ils ne devinssent, à force de se répéter très régulièrement, d'inquiétantes habitudes, il est arrivé, progressivement, qu'une peur diffuse, mal définie, s'installât en toi, qu'aucune certitude ne fût plus désormais établie pour toujours, qu'un doute se formât dans ton esprit, mais si dérisoire qu'il semblait ne pas être objectif, comme un obstacle apparaît au navigateur, en pleine mer, si microscopique, si loin de son bateau, si minuscule au bout des yeux, presque invisible, là-bas, au large, à l'horizon, qu'on ne change pas de cap (ne saisissant pas bien ce qu'il n'est pourtant pas invraisemblable que la chose qu'on identifie mal puisse impliquer de sérieux pour soi), qu'on se demande d'abord s'il ne s'agirait pas plutôt simplement d'un mirage, d'une intuition menteuse. D'une tromperie des sens.

(Ignorant que la faiblesse de ces premiers symptômes n'empêcherait pas que d'autres vinssent après, résolvant un peu trop facilement cette fausse équation selon laquelle pas de douleur réelle ni de grand traumatisme équivaudrait à l'absence d'un danger, qu'un mal futur ne pourrait pas tirer d'un mal présent insignifiant la faculté de s'amplifier plus tard, tu as, aussi longtemps qu'elles sont restées inoffensives pour toi, toujours exclu que ces atteintes dussent s'aggraver jamais. Que tu pusses commencer de décliner un jour de celles qui y succéderaient.)

Alors tu as patienté. Tu as, pendant des mois, attendu qu'un événement survînt, surpris et rassuré qu'aucune catastrophe ne se fût déjà produite. Tu t'inspectais en permanence. Tu as épié ton corps pour apprendre ce qu'il recelait d'inhabituel, le soupçonnant de renfermer de grands mystères. D'incroyables secrets. Tu traquais des anomalies ; tu étais à l'affût d'un désordre, passé, jusqu'ici, inaperçu, des chairs et des organes. Tu t'auscultais. Tu te palpais longuement. Tu appréciais des doigts, dans ta chambre, dans des toilettes ou dans des salles de bains, une fois déshabillé, le volume de tes ganglions, au cou, aux aisselles et à l'aine. Tu t'es regardé dans toutes les glaces. Essayant de surprendre un profil resté inconnu de toi, curieusement défait, travaillé, à ton insu, souterrainement, par de la fatigue. Rien. Tu as examiné ta peau. Tu recherchais les taches dont tu avais entendu dire qu'elles pouvaient en marquer la surface. Car tu les avais vus, sur d'autres, dans des magazines, sur des photos, à la télévision, ramassés en groupements compacts, éclos en floraisons étranges ou dispersés sur l'épiderme, ces petites auréoles, ces boutons mauves, rouges, bleus, noirs ou bruns, semblables à des ecchymoses, imprimés comme des encres, répandus sur des bras, des jambes, des dos, des torses, mis sous des pieds par la maladie, jetés parfois jusqu'au visage, et dans les yeux.

Rien n'avait apparu ; rien n'était actuel ; rien d'irréversible ne semblait s'être enclenché. Le virus qui pouvait avoir commencé de vicier ton sang n'existait pas encore pour toi. Il ne t'avait pas encore transformé. Tu étais intact. Il te laisserait sans aucun doute indemne pour toujours. Des mois, des années passeraient : tu ne changerais pas.

Tu douterais longtemps que rien se décidât.

La maladie était un thème. Qui avait envahi toutes les conversations, toutes les activités humaines. Elle était médiatique. On disait qu'elle était planétaire. On en suivait, comme pour une guerre, la progression et tous les avatars. La presse s'en était emparée. Elle rapportait des faits divers, on relatait des anecdotes, terribles ou cocasses ; c'étaient des drames intimes ou de la vie publique, des peurs irraisonnées ; un enfant était ici exclu de son école, on privait là un salarié de son emploi, on incendiait, ailleurs, des maisons, on en chassait des gens, on brisait des vitres en y jetant des pierres ; et puis on expliquait aussi qu'on pouvait devenir le victimaire de ses propres amants ; certains préconisaient qu'on marquât discrètement, à l'épaule, au pubis, à la hanche, d'un petit sceau, d'un tatouage, d'un signe distinctif qui pût servir à les identifier pendant l'amour, la peau des personnes qui étaient infectées ; des procès étaient intentés, on évoquait des cas de contamination par négligence ou volontaire, on invoquait l'empoisonnement, l'assassinat virien, on a parlé d'une criminalité moderne, on dénonçait des culpabilités ; des églises, des partis s'en mêlaient, des avocats s'affrontaient ; des hebdomadaires, des mensuels constituaient des dossiers exhaustifs, des revues paraissaient où s'exprimaient des spécialistes ; on ouvrait des colloques, des journées mondiales, des conférences internationales, des scientifiques intervenaient, on lisait des communications, on rendait compte des découvertes, des avancées et des lenteurs de la recherche, des prévisions et des limites de la médecine ; on attendait qu'un vaccin fût trouvé, et l'annonce de nouvelles thérapies, de soins meilleurs et d'un remède, de procédés virulicides ; on insistait sur les difficultés qu'on rencontrait, dans les laboratoires, pour circonscrire correctement un agent pathogène aussi original, aussi mobile, qui mutait sans arrêt ; on étudiait les moyens, sinon de le détruire, du moins d'en ralentir l'action, de le neutraliser, de lui fermer des portes, et des astuces pour empêcher qu'il ne s'introduisît dans les cellules, qu'il s'éveillât, qu'il se multipliât ; on expérimentait des biais pour renforcer l'immunité ; des guérisseurs proposaient des panacées, des traitements imaginaires ; on éditait des hors-séries, des premières pages qui effrayaient, des numéros spéciaux (on en parlait comme d'un mal polymorphe et mégalomane, qui s'estompait où on l'avait soigné, mais pour reprendre ailleurs, comme affecté d'un accroissement exponentiel ; on disait qu'il réapparaissait toujours, comme les têtes innombrables d'un dragon fabuleux repoussent quand on pensait les avoir tranchées toutes et être parvenu à terrasser la bête ; c'était une maladie très riche, ambitieuse, idéale, exemplaire, laquelle pouvait atteindre le cerveau, le système nerveux, l'appareil digestif, les yeux, les poumons, le cœur, la peau, les muqueuses, tous les organes, les muscles, occasionner une variété infinie d'infections, la tuberculose, la toxoplasmose, la pneumocystose, des cancers, des lymphomes, toutes les septicémies, toutes les infirmités, qui libérait tous les microbes, des parasites, des champignons, qui imposait, avant la mort, la cécité, la cachexie, l'anorexie, l'incontinence, paralysies et asphyxies : on apprenait qu'il s'agissait d'une pathologie qui n'en finissait pas d'amener toutes les autres) ; on publiait des interviews, des exclusivités, des témoignages ; des reportages passaient à la télévision, des chaînes programmaient des soirées, des émissions exceptionnelles ; des mères surtout, des pères, moins fréquemment, embarqués malgré eux dans des histoires qui la plupart du temps les dépassaient, des sœurs, des frères, des amis, des amants, des maris, des épouses apparaissaient devant les caméras, parlaient de leur enfant, d'un parent, d'un proche, d'un compagnon, racontaient les débuts, les doutes, les étapes, les glissements successifs, insensibles ou brutaux, la pente douce ou abrupte vers plus de maladie, les longs répits qui entraînaient l'espoir, les mensonges qu'on se fait, les vérités qu'on s'avoue, le refus, la colère et la résignation devant ce qui paraît inéluctable, et puis les défaillances, le changement physique, cette défaite, cette déconstruction du corps, croissante comme une gangrène, invisible au départ, flagrante un jour, et l'agonie, la mort de celle ou de celui qu'on avait chéri, embrassé, caressé, dont on avait aimé la chaleur contre soi, et puis qu'on a serré dans l'espace de ses bras pour le sauver d'un peu de désespoir, à qui on a servi de canne pour qu'il ne tombât pas, et qu'on a épaulé pour qu'il pût se lever, pour qu'il marchât un peu, qu'on a aidé, tout à la fin, à s'habiller, qu'on a baigné soi-même, essuyé, qu'on a nourri, changé, bercé comme un petit ; on pénétrait dans des hôpitaux, la porte d'une chambre était poussée, des moribonds montraient leur corps et leur visage, tu découvrais des apparences, tu retenais des images, tu as vu des vieillesses à des âges où d'ordinaire elles ne se produisent pas, des larmes brillaient aux yeux des infirmières, aux commissures de leurs paupières ; des feuilletons, des séries, des fictions en tous genres, des films étaient diffusés, on suivait des destins, une femme, un homme, un gosse souffrait, des héros déclinaient ; des amateurs fixaient leurs derniers jours, avec un camescope, sur des bandes vidéo ; des initiatives étaient prises, publiques ou privées, collectives ou individuelles ; on élaborait des projets pour assister les malades, les familles des victimes ; on organisait des galas, des œuvres caritatives et des ventes aux enchères ; des solidarités se nouaient, des associations se créaient pour soutenir, pour financer ; des chanteurs, des groupes de rock se produisaient ensemble qui recueillaient des fonds, des ballets se formaient, pour un soir, dans des opéras ; il y a eu des commémorations et des rétrospectives ; on exposait les œuvres d'artistes décédés ; on appelait à des rassemblements, des manifestations avaient lieu, des militants mimaient la mort en se couchant sur la chaussée, des dates et des prénoms étaient écrits sur des panneaux, sur des tissus qu'on avait assemblés et puis qu'on déployait comme des drapeaux funèbres, un récitant énumérait des noms, des bougies étaient allumées sur des parvis, sur des trottoirs, pour qu'on n'oubliât pas les disparus ; on donnait des conseils pour l'amour, on parlait de la conduite, de la prophylaxie du sexe, de la pratique, possible ou impossible, des caresses, du baiser, des rapports oro-génitaux, de la pénétration vaginale et anale, on disputait du danger, réel ou imaginaire, des exsudats, des sécrétions, de nos fluides corporels, des larmes, de la sueur, de la salive, de l'urine, du sperme et puis du sang ; on réunissait, pour informer, dans les lycées, dans les mairies ; on distribuait des tracts ; on placardait des affiches dans la rue, le métro ; des campagnes pour la prévention étaient lancées ; il était expliqué comment se prémunir ; un nouvel art d'aimer, moins spontané, mais plus prudent, hanté par des menaces, semblait devoir naître ;

on sondait l'opinion, on faisait des enquêtes, auprès de tout le monde, et des adolescents et des moins jeunes, auprès de ceux qu'on rangeait parmi les marginaux, des groupes qu'on appelait à risques ; des questionnaires étaient soumis ; des questions étaient posées, générales ou intimes : *Vous vous sentez concerné par cette épidémie ? Depuis l'apparition du virus, vous avez peur de la sexualité ? Rien n'a changé pour vous ? Vous faites autant, plus, ou moins l'amour aujourd'hui ? Vous avez modifié vos habitudes ? diminué le nombre de vos partenaires ? Vous pratiquez la fellation ? et le cunnilingus ? la sodomie ? en vous protégeant ? sans protection ? Et les préservatifs, vous les utilisez ? Ça vous gêne ? Vous les trouvez comment ? commodes ou malcommodes ? trop fragiles ? trop épais ? esthétiques ou bien laids ? trop larges ou trop étroits ? et parfumés à la vanille ? au goût de fraise ? Vous êtes pour ou contre la présence de distributeurs automatiques dans les lieux publics ? dans les gares ? les cafés ? les établissements scolaires ? pour ou contre la vente libre des seringues en pharmacie ? pour ou contre un dépistage obligatoire ? avant le mariage ? des femmes enceintes ? et de certaines populations plus exposées ? des prisonniers dans les prisons ? des gays ? des drogués ? des prostituées ? des hémophiles ? des transfusés ? et des tuberculeux ? ou plutôt pour ou contre un dépistage anonyme et gratuit ? Le mariage, selon vous, est-il une sauvegarde ? Et la fidélité, est-ce un rempart ? Et l'abstinence, une solution ? Vous vous sentez appartenir à une génération perdue ? Vous regrettez les années 60 ? 70 ? Être jeune et se savoir mortel, c'est nouveau ?*

angoissant ? Cette intrusion de la mort dans la vie, vous la supportez ? vous la maudissez ? vous arrivez à l'oublier ? jamais ? rarement ? de temps en temps ? tout le temps ? Un porteur asymptomatique, c'est quoi pour vous ? Vous pourriez serrer la main d'un séropositif ? le toucher ? l'embrasser ? sur la bouche ? et sur la joue ? et partager vos toilettes avec lui ? votre repas ? vos couverts alors ? une assiette ? pas même un verre ? Faut-il craindre les moustiques ? le chat d'une personne infectée ? Que pensez-vous du continent, du problème africain ? Vous habitez la ville ou la campagne ? Vous êtes un homme ? une femme ? Et si vous étiez contaminé ? vous le diriez ? à qui ? Estimez-vous qu'on n'en parle pas suffisamment ? ou qu'on en parle trop ?

Tu t'es informé ; tu t'es procuré des brochures ; tu as emprunté des magazines spécialisés ; tu as lu des entretiens, écouté des déclarations de grands professeurs à la radio, suivi des débats à la télévision, consulté des documents, des publications médicales ; tu as acheté les livres que des malades avaient fait éditer, romans, autobiographies, journaux intimes, etc. (tu y cherchais certaines correspondances, des traces de toi, des dénominateurs communs) : rien ne semblait devoir t'échapper de ce qui paraissait à ce sujet, était dit ou écrit ; d'abord avec cette attention distante du curieux qui s'enquiert simplement d'un fait de société dont parle tout le monde, tranquillisé qu'on évoquât des maux qui t'épargnaient, tirant des conclusions hâtives, et de ta robustesse que tu serais invulnérable ; puis, peu à peu, avec le vague pressentiment que tout ceci, les statistiques, les pourcentages, les totalisations, les taux, les évaluations, les décomptes, les tables de létalité, les projections, les probabilités, les courbes et les diagrammes, les graphes, les grilles, tous ces schémas, tous ces tableaux comparatifs, tous ces dessins qui encombraient la presse (tu t'es rappelé souvent l'une des premières représentations formelles de la molécule virale conçue par des ordinateurs, entre l'oursin, la pelote d'épingles et la mine explosive, croyant apercevoir dans cette image, dans cette boule hérissée de pointes, un péril, une agression possible, un projet destructeur, comme pour ces coques d'avions, à l'avant desquelles des pilotes américains, pendant la Seconde Guerre mondiale, contre les Japonais, avaient peint, dans le but d'effrayer, d'immenses bouches grimaçantes, des rictus découvrant des dents aiguisées, dangereuses comme des lames, faisant de leur engin un animal imaginaire, un monstre hybride et carnassier, qui tenait à la fois de l'automate, de l'aigle et du requin, comme pour ces fuselages dont il était, pour un ennemi, apparemment peu raisonnable de ne pas redouter ni les mâchoires ni la férocité), que tout ceci, peut-être, te concernait bien plus que tu n'avais supposé au départ ;

alors, un soir que tu passais devant l'écran de ton téléviseur, assis sur le divan, après un entraînement, ou bien des cours à l'université, un plateau disposé sur tes genoux, chargé de victuailles, il t'a semblé, confusément, à écouter des invités, qu'un petit drame paisible, au-delà ou issu de celui dont des médecins, des psychologues et des malades, réunis, pour une émission, autour d'une table, ne cessaient de parler gravement, pouvait aussi se nouer là, chez toi, dans ton salon, malgré la bonne santé, dans ton propre sang ;

alors, après d'autres documentaires, d'autres soirées presque identiques à la première, au contraire d'auparavant où les nouvelles, les tragédies, les guerres ailleurs, les attentats, les révolutions, les catastrophes, les meurtres et les famines, la mort des autres glissait sur toi sans t'affecter vraiment, les pages des journaux, les couvertures, les unes et les annonces spectaculaires ont commencé, quand tu passais devant un kiosque et des gros titres, de receler pour toi des menaces inédites, d'allumer dans ta direction des alarmes suspectes, de te lancer de curieux messages, comme si on t'adressait chaque fois un courrier personnel : de véritables aspérités qui accrochaient désormais l'œil et la pensée avaient apparu à la surface plane des feuillets ;

et puis il y avait tout un faisceau de présomptions, et cette agrégation d'indices (ces gouttes perpétuelles qui pendaient à ton nez, qu'il fît beau ou mauvais, ces ganglions enflés, depuis un certain temps maintenant, entre les cordes de ton cou, ces gonflements, discrets mais effectifs, présents à tes aisselles, et ces moiteurs, la nuit, dans ton sommeil, le retour d'infections qui s'aggravaient imperceptiblement, sans t'empêcher pour le moment de vivre comme avant) s'est mise vaguement à prendre un sens pour toi ; tu t'espionnais : tu percevais parfois nettement que tu étais très près d'une découverte, un peu comme un égyptologue, penché solitairement sur sa pierre de Rosette, au-dessus d'hiéroglyphes dont il connaît parfaitement la place et le dessin, sent qu'il s'apprête, après qu'ils lui ont résisté longtemps, à décrypter bientôt le grand mystère de leur association ;

d'autres fois, alors que tu étais jusqu'ici parvenu à dissocier le mal mondial de ton cas particulier, tu comprenais soudain, assailli d'évidences, en feuilletant un article, en parcourant des comptes rendus, en t'attardant sur des études, en compulsant des résultats dans des mémoires, qu'on devait certainement parler aussi de toi, bien sûr, c'était ça, que tu ne pouvais décidément pas continuer à ignorer ces thèses, tous ces calculs, continuer à croire n'être pas l'élément d'un ensemble, ni intégré aux statistiques qu'on énonçait, ni concerné par ton époque, ni emporté dans ce flux collectif, ni intimement visé par ce qui avait lieu : la brutalité de ces révélations te désespérait ;

puis enfin, franchement inquiet, certaines fois, devant la ressemblance, l'identité de ces destins avec le tien, que ta propre histoire, tes réactions, tes expériences parussent coïncider avec celles de tant d'autres, de tous ceux qui, t'ayant précédé dans la maladie, rapportaient, dans des témoignages qu'ils accordaient à des journalistes, combien ils avaient douté longtemps, comme toi, qu'ils dussent jamais tomber malades, disant leur foi du début en l'avenir, leur conviction des premières années de rester à l'abri toujours.

Il t'a semblé pourtant, un jour, que toute cette connaissance de la maladie et que ces doses massives d'informations pouvaient elles-mêmes contaminer, s'insinuer en toi, infiltrer des soupçons, se convertir en maux progressivement physiques. Concrets. Tu craignais que tout ce qui n'était encore que virtuel, qu'immatériel, qu'hypothétique, ne devînt, à s'en préoccuper, rapidement palpable ;

tu décidais, pour de longues années, de ne plus y prêter cet intérêt que tu avais fini par juger complaisant. Tu estimais que tant de vigilance avait sans doute été prématurée. Idiotement suicidaire.

Tu étais séropositif. Le dépistage l'attestait formellement auquel tu avais finalement résolu, pour plaire à un amant et construire une liaison, de te soumettre volontairement une semaine plus tôt, à l'institut Alfred-Fournier, dans le XIVe arrondissement, qu'une secrétaire médicale, derrière son hygiaphone, t'avait remis, glissé dans une enveloppe cachetée, et dont tu venais, assis sur des marches, les genoux joints, de déchiffrer le résultat. Il était expliqué, dans la feuille que tu avais dépliée, que les tests qu'on avait pratiqués sur toi révélaient uniquement le passage du virus dans ton sang, mais que rien, dans l'état actuel des connaissances de la médecine, ne permettait de conclure catégoriquement à la virulence certaine, future, de l'agent dont on avait décelé les anticorps. On estimait à quelques faibles pour-cent la possibilité qu'il fût disparu déjà, et à de bien plus grands qu'il restât inactif très longtemps. Voire toujours. Le paraphe d'un docteur terminait la lettre.

On t'avait recommandé des examens complémentaires pour confirmer (ou infirmer) ce premier diagnostic. Tu avais besoin qu'on t'aidât financièrement. Tu avais appelé ta meilleure amie : elle n'avait pas pu. Bien qu'elle ne manquât pas d'argent. Elle avait allégué des raisons. Puis tu avais téléphoné, n'osant pas divulguer tout de suite le vrai motif de ton appel, au professeur qui dirigeait en Sorbonne tes travaux universitaires : il ne pouvait pas non plus. Des échéances, des impôts à payer. Alors tu t'étais senti un peu isolé, honteux aussi d'avoir risqué d'apitoyer ; tu te répétais que tu n'avais pas su, peut-être, dispenser assez d'amitié dans ton entourage pour qu'on se dévouât sans compter pour toi. Tu étais allongé sur la moquette du salon. Calé contre la grande fenêtre. Le soleil obliquait. Il faisait bon derrière les vitres. Chaud, comme en un beau juillet. L'espace était profond. L'horizon sans nuage. L'appartement était silencieux. Les bruits du dehors (amusements, cris d'enfants dans des cours, échos des jeux dans les jardins, chocs des ballons jetés contre des murs, éclat des voix, rumeurs diverses, de la ville et des gens, tapement du talon des chaussures, crissement des pas sur du gravier, roulement des moteurs) te parvenaient plus amortis, moins nets qu'à l'ordinaire, mélangés, comme s'ils ne résonnaient pas bien, comme s'ils manquaient de force ou qu'ils fussent seulement plus lointains, plus éloignés de toi, formant, à les entendre, un unique fait sonore. Qu'une distance nouvelle les indifférenciât. Des douleurs aux intestins avaient cessé. La vie te paraissait simple et douce sous l'évidence de ces premiers rayons et du ciel immobile, épuré d'ouate ;

tu t'es alors abandonné à quelque rêve d'existence heureuse, égale, pacifique et docile ; quelqu'un t'aurait aimé d'un amour tranquille, lisse comme cette après-midi, élémentaire comme l'air ou la lumière, et tu vivrais toujours sous d'endormeuses saisons :

au printemps, aux beaux jours, tu sortirais souvent, tu marcherais longtemps, tu ferais des balades ; aux vacances, l'été, la chaleur s'appuierait sur ta peau ; des sables brûleraient où tu te coucherais ; les plages scintilleraient ; des mers où tu te baignerais rassureraient ton corps ; tu plongerais dans le bleu des piscines ; tu te sécherais dans des serviettes épaisses ; tu boirais des eaux fraîches aux tables des bistrots, à l'ombre des feuillages ou sous des parasols ; le soir, tu t'installerais à des terrasses, à la lueur d'un photophore ; des couples flâneraient tard qui n'iraient pas dormir : on aimerait la tiédeur de la nuit ; l'automne, tu te réfugierais dans des cafés, sur des banquettes en moleskine, à humer des chocolats qui fumeraient dans des bols ; l'hiver, tu te réchaufferais près d'un calorifère ; derrière les baies vitrées, des neiges tomberaient parfois, lentes (comme il faudrait que la vie fût toujours), blanchissant les trottoirs, le manteau des passants, le rebord des fenêtres et le toit des voitures ; des clients entreraient qui chercheraient un havre ; ils ôteraient un bonnet, ils enlèveraient leurs gants, dénoueraient une écharpe, souffleraient dans leurs mains, dégourdiraient leurs doigts ; tu verrais, des flocons se seraient accrochés à leurs cils ;

l'année entière, tu déambulerais sur des boulevards et dans des rues, tu t'arrêterais à des vitrines, tu regarderais des devantures, tu pousserais la porte des magasins, tu côtoierais des foules, tu te promènerais dans les allées des parcs.

La mort et son idée seraient absentes.

Tu n'as pas changé tes habitudes. Tout était pareil. Les cours à l'université, le sport, les sorties, les visites aux amis, la rencontre d'amants. Tu continuerais de remplir tes journées d'obligations. Tu réglerais ta vie comme avant pour qu'elle ne parût pas te contraindre déjà ; tu la plierais toujours ainsi à ton humeur, fixant des rendez-vous et des horaires, t'imposant des rythmes.

La permanence de tes projets te sauverait de l'inconnu.

Bientôt tu surveillerais, aux toilettes, la nuit, la consistance de tes selles, la façon, quand tu te nettoierais, dont elles marqueraient le papier ; certaines fois, même, après quelque indisposition plus éprouvante qu'une autre, bien plus sévère apparemment que celles qui l'avaient précédée, sans attendre, après t'être relevé, dans cette fausse impatience de découvrir peut-être ce dont, depuis quelque temps, tu avais obscurément prévu la gravité, mais toujours refusé jusqu'ici d'admettre l'évidence, bien que certains indices, bien que certaines petites souffrances fussent déjà révélatrices, d'avoir remonté ton pantalon ni noué ta ceinture, tu irais, les jambes nues, le slip baissé à bas des chevilles, jusqu'à te pencher au-dessus de la cuvette, raisonnant ton dégoût, fouillant des yeux, parmi la merde et dans ta pisse, une raison d'avoir peur ou la consolation de t'être bêtement angoissé, te rappelant qu'une mollesse anormale des excréments, que des diarrhées chroniques, en signalant des troubles aux intestins, révéleraient, dans le calendrier des affections (tu l'avais lu, on l'avait dit, les journaux en parlaient comme d'une étape critique et des médecins le confirmaient), un progrès décisif, irréfutable de l'action du virus, constitueraient pour toi, comme pour les autres, l'amorce d'un très long processus, l'approche paisible du malheur, sans aucun doute possible désormais, le vrai début de ta propre fin ;

tu as attendu, les jours suivants, de nouveaux doutes, plus puissants encore, pour décider d'agir, te fabriquant d'abord quelque cause vraisemblable, accidentelle et provisoire à ces dérèglements récents, différente de celle que tu n'osais nommer (tu accusais les circonstances, une contrariété, l'humidité de l'air ; tu pensais à un mauvais repas, à un refroidissement sans conséquence, à une sortie tardive dans la fraîcheur d'un soir, au froid d'une nuit ou d'un matin ;

tu appelais à ta mémoire des souvenirs et des intempéries) ; puis, évitant de consulter le spécialiste qui risquait de comprendre, tu es entré dans des pharmacies réclamer une médication, expliquant négligemment ton mal, contrôlant la hauteur de ta voix et le débit des mots, donnant à ton regard la direction de l'insouciance, parlant d'une gêne à peine incommodante (à la défécation et de la digestion), en essayant d'en minimiser l'importance et le désagrément, pour qu'en s'alarmant, on ne t'alarmât pas, croyant que tu annulerais de ton corps et de ton esprit, dans le même temps que tu traiterais ces premiers ennuis gastriques, par le seul bienfait des petits comprimés ronds et beiges que des pharmaciens t'avaient enfin préconisés, ce dont ils étaient pourtant le signe précurseur, inquiétant, annonciateur d'une liste, physiquement perceptible : que tu tombais malade ;

heureux, grâce au médicament, dont la prise, tu en étais persuadé maintenant que tu te portais mieux, n'avait été qu'accessoire et l'incidence sur ta santé simultanée à une guérison naturelle, qui serait, de toute manière, intervenue spontanément sans l'addition de ce remède, que l'incident fût clos, que tout fût terminé, que le transit des aliments se passât désormais normalement, que tes matières fussent enfin redevenues solides, qu'aucune crampe ne te fît plus souffrir, que rien dorénavant n'embarrassât plus ton sommeil, oubliant ou feignant d'ignorer, dans l'optimisme de ce rétablissement, qu'avec la disparition de ces derniers symptômes ne disparaissait pas ce qui les avait déclenchés, ce qui, bien des années plus tard, se préciserait et grandirait immanquablement, ce à quoi pourtant, accablé d'intuitions, tu pressentais parfois ne devoir échapper jamais : ton sida.

Les véritables angines, blanches et douloureuses, ont succédé aux petites pharyngites, supportables et anodines, les bronchites aux angines, des commencements de pneumonies aux bronchites elles-mêmes, chaque affection nouvelle donnant l'idée d'une progression, d'un entraînement, que ça évoluait doucement vers plus de conséquence, atteignant à chaque fois des zones ou des organes plus profonds, plus sensibles, plus vitaux de ton corps. Qu'on accédait graduellement à l'essentiel.

Alors, tu as comptabilisé, pour voir, en une espèce d'agenda intérieur, les épisodes, le nombre de tes maladies, et, d'une année sur l'autre, tu comparais les résultats : si, certaines fois, elles n'avaient pas augmenté, tu remarquais cependant qu'elles ne diminuaient jamais.

Tu faisais des calculs, évaluant les risques que tu encourais que tout ne s'aggravât vraiment, tes chances de t'en sortir sûrement, conjecturant une issue favorable à ce qui n'était encore rien, projetant des solutions qui devaient te sauver. Tu émettais des hypothèses. Tu t'épuisais en probabilités.

Tu as posé des questions. À des amis médecins. Sur le ton négligent, quand tu les rencontrais, de la simple causerie. Tu craignais tout le temps qu'on soupçonnât que tu cherchais à obtenir des renseignements te concernant personnellement, que tu menais en fait une enquête pour toi-même, que tu tenais à supprimer une peur, à conjurer certaines frayeurs, ou au contraire, à clarifier des présomptions ; parfois, on t'a fourni, sans qu'on le sût, une information, une clef utile qui permettait d'ouvrir une porte, de débrouiller des nœuds ; tu te taisais, tu n'écoutais plus ceux qui parlaient, tu regardais le dessin et le mouvement des lèvres, les mots devenaient des sons, on penserait que tu voulais passer à autre chose, on aurait pu comprendre, en t'observant un peu attentivement, que tu étais en train de t'employer soudain à te souvenir de toi, à conformer ce qu'on venait de dire à ce que tu vivais.

Ont suivi des prurits, des verrues à la plante des pieds, des mycoses, des dermites, des candidoses et des folliculites, et les transpirations nocturnes, des sueurs subitement excessives, le souffle court parfois, quand tu marchais beaucoup en parcourant Paris, que tu devais rester debout, monter des escaliers, ou coudoyer des foules ; et puis, surtout, tu as connu les longues fatigues comme du plomb permanent coulé dans tout le corps. Mais rien qui te parût assurément inguérissable ni fatal.

Tu n'étais pas encore, pour le moment, si durement atteint qu'on pût croire que tu n'en triompherais pas et que tu fusses toi-même parfaitement convaincu que tu y succomberais jamais.

(Longtemps tu t'es persuadé que chaque alerte supplémentaire était fortuite et transitoire, liée à une contingence clairement identifiable, qu'il s'agissait de phénomènes indépendants les uns des autres (et de ceux qui les avaient tout de suite précédés, et de ceux qui les ont relayés, ou y succéderaient peut-être) ;

et tu n'as commencé de perdre ta confiance, de douter que tu fusses en sûreté, d'envisager sérieusement que tu étais malade, souffrant d'un mal tenace, bien plus sévère, moins éphémère que ceux qu'il provoquait, que le jour où tu as accepté de les relier les uns avec les autres, de les inscrire dans une continuité, d'y reconnaître un terreau commun, une filiation logique et nécessaire : tu avais prudemment concédé que chacune de ces affections marquait une étape. Posait un jalon. Que toutes ensemble elles pourraient bien constituer les manifestations multiples d'un unique événement. Qu'elles formaient les maillons d'une seule chaîne. Qu'elles racontaient la même chronique. Qu'elles étaient un syndrome. Une évolution.)

Tu avais, jusqu'ici, toujours refusé de te confier à quiconque, et encore moins aux différents docteurs que tu consultais, certain qu'une telle démarche, si tu l'avais entreprise, s'avérerait inutile, resterait caduque, n'aiderait pas devant l'insignifiance des petits incidents qui parsemaient çà et là ta vie ; tu avais refusé d'avouer ce qui pouvait motiver tes visites à leur cabinet, ce qui, peut-être, aurait conduit à infléchir leur diagnostic, à modifier leurs prescriptions, de commencer ainsi des traitements sans doute mieux adaptés à ta pathologie naissante ; tu t'étais obstiné à leur dissimuler, comme à toi, l'origine vraisemblable de tes maux : tu avais voulu éviter qu'on ne donnât, en s'exprimant ouvertement à ce sujet, une actualité à ce qu'il était certainement précoce, et laborieux d'admettre ;

mais un soir, brusqué par un médecin à qui tu t'étais finalement ouvert, qui s'était inquiété qu'aucun médicament ne réussît à te défaire parfaitement d'une dernière pneumopathie qu'il estimait alors qui avait traîné trop, tu te retrouvais, allongé dans une ambulance (à son toit, un gyrophare bleu clignotait dont tu voyais le flash intermittent se réfléchir, dehors, sur des carrosseries, éclairer des rambardes, des glissières, des panneaux, des buissons, des coins d'ombre de l'autoroute, teinter régulièrement tout un côté de ton corps, faisant, par saccades, de ton bras, de ta main, de ta jambe, un peu comme des parties étrangères à toi-même, légèrement distantes, les membres d'un être différent, celui, nouveau, que tu n'avais auparavant jamais considéré, que tu étais en train de découvrir et que tu devenais peut-être), traversant la nuit des villes, glissant sans à-coups sur les voies, rapidement, comme sur des rails, en route, de la grande banlieue où tu résidais alors, vers un service d'urgences, dans Paris, pour des bilans, apercevant, lancé vers un destin, derrière la vitre, le pointillé des bandes blanches sur le bitume, le défilé des lampadaires, et des voitures qui cédaient le passage au véhicule prioritaire.

Tu as été stupéfait, en découvrant, la première fois que tu as pénétré, à l'hôpital, dans la salle des aérosols, ces mutants qu'étaient devenus les autres patients, traités à la pentamidine pour être protégés de la pneumocystose (la célèbre infection qui touchait les poumons), coincés dans un fauteuil ou étendus sur un brancard, la bouche encombrée d'un inhalateur qui ajoutait à leur visage une prothèse, un appendice monstrueux, un nouvel organe translucide à trois branches ; convaincu qu'il serait impossible, avec un tel appareillage additionné mensuellement à sa personne, de ne pas se savoir malade (car s'il était l'attribut d'une prévention, il rappellerait également que ton immunité se dégradait) ; terrifié à l'idée de devoir te transformer comme eux, de finir par leur ressembler en immobilisant ton corps, en greffant à tes lèvres ce bec, ce museau, cette trompe artificielle et rigide en plastique, en aspirant, par un embout, cette vapeur antiparasitaire diffusée dans les bronches, et en substituant à ton souffle normal, d'ordinaire inaudible, dans un local privé de toute parole humaine, où résonnait uniquement le bruissement de l'oxygène filtré dans des tuyaux et dans des réservoirs, cette seconde respiration, sifflante et plus sonore.

Tu savais que tu te résignerais difficilement à cette obligation de te soigner.

(T'efforçant, les premiers temps, durant des mois, quand tu quittais la réception et sortais de ton centre, sans briser ton allure, d'ignorer, sur ta droite, obligeant ton esprit de se porter ailleurs, le grand édifice vert et beige, celui des maladies infectieuses, dirigé par un illustre professeur dont les médias avaient parlé, lequel avait écrit dans des journaux, était intervenu à la télévision, édifice où tu n'es entré qu'une seule fois pour en ressortir aussitôt, craignant sans doute d'y croiser une silhouette familière ou amie, qu'on ne t'assimilât abusivement au reste des grands malades (après tout, te disais-tu, échafaudant mentalement des alibis, tu pouvais tout à fait être là pour visiter un proche souffrant qui aurait bien besoin du réconfort de ta présence), te tordant, au début, franchement la nuque vers la gauche, du côté opposé à celui où se dressait l'immeuble, marchant vivement, partie pour ne pas risquer que quelqu'un te reconnût qui t'apercevrait par une fenêtre, de l'intérieur d'une chambre, ou d'un couloir, partie pour te convaincre qu'heureusement, tu échappais encore à cette épreuve décourageante d'être hospitalisé ;

il fallait que ce bâtiment Laveran restât pour toi ce qu'il devait être pour tous ceux qui ne connaissaient pas le mal qu'on y soignait, et qui passaient sans s'interrompre, sans l'isoler, puisque ce pavillon ne les concernait pas, ni du regard ni de la pensée : une construction banale, simplement sise au milieu d'autres, un bloc indifférent, débarrassé de ses agonisants ;

te dépêchant de gagner la sortie, de traverser la promenade boisée dite *de la hauteur*, de dépasser la chapelle, d'enfiler tes pas sous les arcades voûtées réservées aux piétons, d'atteindre la cour Saint-Louis, ses pelouses et ses parterres fleuris, de parvenir enfin aux loges, en espérant que personne ne te verrait franchir les grilles, préférant qu'on te surprît ayant déjà accédé au grand boulevard qui te mènerait à la gare d'Austerlitz, afin qu'on pût douter que tu fusses directement venu de l'hôpital et croire que tu l'avais uniquement longé, comme si le trajet de ta course n'avait été qu'accidentellement parallèle aux murs de son enceinte ;

accélérant, filant, te figurant également que la brièveté de tes passages ici était le gage d'une bonne santé, ne manquerait pas de signifier que tu te portais bien, que rien ne te retenait vraiment dans cet endroit.

Tu t'étais rapidement engagé, à l'aller, en arrivant, en émergeant de la bouche du métro Saint-Marcel, après la faculté, à l'entrée, dans les voies secondaires, latérales, moins fréquentées, protégées par la double rangée des arbres et des voitures garées, plutôt que d'emprunter les trottoirs dégagés, moins discrets, plus offerts aux regards, qui jouxtaient la chaussée principale ;

(tu t'attendais toujours, dès que tu avais cru identifier un profil équivoque, une vague connaissance, peut-être une personne intime, qui s'avançait, qui grandissait au bout de tes yeux myopes, qu'elle saluât, qu'elle te sourît ; tu redoutais qu'on te fixât, qu'on s'approchât pour te parler, qu'on mît une main sur ton épaule et qu'on te demandât, compatissant, de tes nouvelles, quand on était enfin à ton niveau, puisqu'on aurait compris, pensant qu'il serait clair à son intelligence, ou que tu te rendais dans un service pour y subir des soins, ou que tu en revenais parce qu'on aurait fini de te les dispenser) ;

puis tu camouflerais, en retournant chez toi, d'abord le pansement (coton et sparadrap) que t'aurait appliqué l'infirmière au point de sa piqûre, après la prise de sang, en déroulant immédiatement la manche que tu aurais retroussée, d'une chemise ou d'un pull, ensuite, un peu plus tard, quand tu serais rentré, souvent pendant plusieurs jours, sous la teinture d'une crème, l'hématome jaune et bleu laissé chaque fois par la ponction, à la pliure du bras ;

tentant invariablement, en surveillant les yeux des autres, en tapant sur la toile, d'atténuer ce gonflement, ces déformations de ton sac où tu aurais glissé les grosses boîtes et les sachets dont ton médecin, à sa consultation, t'aurait fait l'ordonnance et que tu viendrais de retirer à la grande pharmacie centrale de l'hôpital, comme si tous ceux qui se trouvaient sur ton chemin pouvaient être nantis du don de voir à travers les corps opaques, d'interpréter les formes et de comprendre les volumes.)

Tu te faisais souvent l'impression d'être double. D'être doué d'ambivalence. Il semblait que tu fusses composé de deux individus incompatibles, fractionné en deux hommes successifs, juxtaposés dans le temps, qui ne se rencontraient jamais, ne voulaient pas se fréquenter (comme des voisins qui ne s'aiment pas), qui s'excluaient mutuellement, aux émotions contradictoires impossibles à éprouver simultanément : l'un souffrant, soucieux de sa santé, allant à l'hôpital, dépendant des médecins, vulnérable, soumis à un principe permanent de tristesse, inconsolable ; l'autre insouciant, plein de vitalité, souriant, gai pour toujours, confiant dans son avenir, prêt au bonheur, autonome, exerçant un métier, encore robuste et éternel.

Que tu vécusses deux vies contraires. À des âges différents.

Tu acceptais parfois qu'on t'invitât. À un dîner, à une fête, à un anniversaire. Tu te rendais à des soirées dans des quartiers que tu ne connaissais pas ; tu t'arrêtais à des stations de métro où tu n'étais jamais descendu ; tu sonnais à des interphones ; tu entrais dans des appartements ; tu y croisais des hôtes dont tu ne te rappelais pas avoir jamais aperçu le visage avant ; tu serrais des mains qu'on te tendait ; tu te penchais à des buffets pour y saisir des toasts ; tu buvais dans des coupes des sirops, des cocktails colorés ; tu entendais des rires, la voix des autres hypnotisait, alors, au milieu du tintement des verres, la tête résonnant du grand murmure de la musique et des conversations, tu n'étais plus très sûr, bercé par de l'alcool, la nourriture, des parfums et les bruits, quand le monde, transformé par l'ivresse, s'amollissait légèrement autour de toi, tu n'étais plus très sûr si tout ce qui commençait de t'arriver dramatiquement sans qu'on le sût, et à quoi tu adhérais désormais peu à peu, n'était pas en fait extérieur à toi-même, inconciliable avec les sensations présentes, un mensonge que tu te serais fait, une fiction que tu te serais dite. Une étrange invention. La construction de ton esprit.

Il suffisait d'ailleurs que chaque nouvelle atteinte, même attestée par des prélèvements, des analyses ou des hémocultures, lue sur des radiographies, les clichés des scanners, observée par l'œilleton des endoscopes, vue par des caméras qu'on te passait par l'œsophage ou la trachée-artère, jusqu'aux poumons ou jusqu'à l'estomac, fût invisible pour toi, indolore dans ton corps, pour qu'elle devînt presque irréelle, issue d'une pathologie que tu aurais imaginée ;

c'est vrai, il suffisait que tous ces maux, que toutes ces infections opportunistes fussent encore mineures (peu redoutables et vite guéries), très espacées les unes des autres, il suffisait qu'il y eût ces longs répits, ces calmes où te laissait le plus souvent la maladie après des troubles, comme un temps de bonace, une accalmie crée la sécurité en succédant à la tempête qui paraissait infinie au marin au moment même où son bateau manquait sombrer, pour que le pire te parût improbable, et pour qu'en somme tout fût parfait ;

et si tu n'étais pas pleinement assuré, lors d'une alarme, de t'en sortir jamais, ça, tu ne doutais vraiment plus, pendant ces rémissions, y parvenir un jour.

Tu oubliais ta maladie. À cette époque encore, tu espérais pouvoir en réchapper, t'en dépêtrer en évitant de t'en soucier, d'y appliquer une curiosité qui eût certainement permis qu'elle se développât ; il te semblait qu'il n'était pas inconcevable qu'elle disparût de ta vie par le simple défaut de ton attention ;

rêvant, non pas peut-être naïvement qu'elle s'éteignît vraiment, mais qu'elle durât si longtemps, qu'elle prît tant d'années à s'aggraver, qu'il semblerait qu'elle fût une maladie sans souffrance véritable, sans fin réelle, sans mort au bout, qu'elle se fût endormie, absentée, suspendue pour toujours, comme ces petites gênes qu'on finit presque par oublier à force de les avoir éprouvées, qui cessent de nous importuner un jour, d'embarrasser le corps, parce qu'on les ressent depuis longtemps, comme un vêtement un peu étroit, une chemise trop raide, un pull épais qu'on a passé, qu'on perçoit, au début, si près de soi contre sa peau, qui pèse sur les épaules mais ne manque pas, après qu'on l'a porté un temps, de s'effacer progressivement de la conscience ;

alors l'indifférence serait toujours une prévention, la négation, une sauvegarde ; et toute reconnaissance aurait paru une défection des résistances. Un vrai renoncement.

Tu redoutais que tout constat ne fût définitif.

(Pourtant, inversement, les fois où il avait semblé à des médecins, devant certains symptômes, qu'une chose se manifestât, parût grave et appelât des examens complémentaires, mais qu'on n'avait rien su trouver (grâce aux échographies, aux imageries par résonance magnétique, par des fibroscopies, ou en radiologie, à la lecture, par exemple, d'une image pulmonaire, révélée, en transparence, sur l'écran d'un négatoscope, ou levée à bout de bras par un docteur pour qu'il pût voir contre le jour qui tombait d'une fenêtre), tu aurais préféré, paradoxalement, fût-ce difficile à apprendre, qu'on identifiât immédiatement le mal qui devait te miner, qu'on y apposât un nom, celui d'une affection qu'on aurait reconnue. Tu n'aimais pas qu'il résistât à ces contrôles de la machine et de l'intelligence. Il te semblait qu'il en devenait plus insidieux. Plein d'un avenir mauvais. Tu te sentais averti d'un présage. Soumis à un oracle.)

Tu as entretenu longtemps, en secret, au début de tes soins surtout (mais de telles maladresses, et tu le savais bien, tu te le répétais suffisamment, ne pouvaient avoir été commises des dizaines de fois depuis que tu étais suivi), le vœu irréaliste qu'une erreur, peut-être, se fût glissée quelque part, sur une fiche, dans un dossier, dans le réseau compliqué d'un ordinateur ou les détours d'une administration, qu'une secrétaire se fût trompée en recopiant, sur son clavier, l'orthographe de ton nom, que des étiquettes eussent été collées sur les mauvais tubes, qu'un manipulateur eût mal retranscrit les résultats de tes tests ; on aurait, par négligence, sur le trajet qui conduit du laboratoire d'analyses sanguines au centre de pneumologie où tu étais soigné, égaré un document, une note, un chiffre essentiels ; dans cet hôpital tentaculaire qu'on disait le plus vaste d'Europe, où on se perdait aisément, où il était possible de se déplacer en voiture comme dans une petite ville, où étaient aménagés des parkings grands comme au supermarché, où des feux fonctionnaient qui réglaient la circulation, une ou même plusieurs personnes, avec qui on t'aurait confondu, porteraient un patronyme similaire au tien ;

alors, un matin, tous les malentendus seraient levés, on révélerait la vérité, le téléphone sonnerait chez toi, une infirmière appellerait à qui on aurait cependant défendu de t'informer directement, il faudrait venir, ce serait urgent, tu serais attendu ; tu t'habillerais précipitamment, tu prendrais le métro, tu courrais dans les couloirs, non, tu serais descendu, boulevard des Batignolles, pour héler un taxi, à l'angle du lycée Chaptal ; tu verrais, derrière les vitres, défiler la rue de Rome, ses immeubles austères et ses trottoirs sans arbre, la gare Saint-Lazare, son parvis rempli du monde et des mouvements habituels, l'église de la Madeleine, les bannes rouges de chez Maxim's, vous traverseriez la place et puis le pont de la Concorde pour obliquer, à gauche, vers Saint-Germain, passeraient l'Assemblée nationale, la brasserie Lipp, la statue de Danton, le Musée de Cluny, le quartier de Maubert et l'Institut du Monde arabe, et puis, le long de la Seine, la Faculté des Sciences, la ménagerie du Jardin des Plantes, apparaîtraient enfin la masse noire et les toitures de la gare d'Austerlitz, tu serais bientôt arrivé à l'hôpital ;

dans le hall principal, à l'accueil, dans une allée secondaire (non loin du petit cabinet où des docteurs t'annonçaient d'ordinaire de si mauvaises nouvelles, où ils te prescrivaient, sur ton ordonnancier, d'interminables listes de médicaments, où tu avais attendu tant de fois la sanction des bilans, assis devant le bureau, penché sur l'immense chemise en carton brun remontée du local des archives, chemise où était patiemment déroulé, semaine après semaine, le fil d'une agonie, où étaient consignés, mois après mois, les preuves de ta maladie, le long répertoire des actes médicaux, les constats d'une évolution, les examens biologiques, les valeurs hématologiques, les numérations, les sérologies, les antigénémies, les diagnostics, les manifestations cliniques, l'enchaînement des infections, les ennuis, gros et petits, ridicules ou sérieux, et les traitements prophylactiques en cours, la suite des thérapies antibiotiques, antirétrovirales, les protocoles que tu avais acceptés, les communications venues d'autres services, les lettres explicatives des spécialistes que tu avais dû consulter, le commentaire des investigations, des prélèvements, des biopsies, essayant de comprendre, quand on levait les yeux sur toi pour te livrer le contenu de sa lecture, avant qu'on ne parlât, après qu'on avait décacheté des enveloppes, déplié des feuillets où figuraient des résultats, et incliné nonchalamment la tête pour donner à son geste, celui d'ouvrir et de déchiffrer, le détachement d'une action anodine, débarrassée d'un poids, toi, tentant de deviner à la direction et à l'intensité du premier regard, à la façon dont tu étais envisagé, si on allait t'apprendre une régression ou au contraire une avancée du mal), ton médecin se tiendrait là qui aurait lâché un patient pour te recevoir, sans doute silencieux d'abord, mais diligent, brièvement obséquieux, à peine, tendant vers toi une poignée franche, qu'il aurait appuyée différemment des autres fois, flanqué peut-être de quelques internes, sûrement accompagné du grand professeur responsable de tout le service, qui serait grave, les bras croisés dans le dos, tous fiers et confus à la fois de soulager bientôt un malade d'une charge qu'il ne méritait pas, dont il aurait hérité par erreur, un peu soucieux tout de même à l'idée de devoir se justifier ; on te ferait entrer, on t'indiquerait une chaise, on t'inviterait poliment à t'asseoir, on te communiquerait la nouvelle importante en bafouillant de vagues excuses et des explications gênées, on reconnaîtrait prudemment ses torts, ceux de la bureaucratie, ou ceux de la médecine, les circonstances imposeraient qu'on s'indignât quand même un peu, mais on parlerait vite du caractère exceptionnel d'un tel malentendu ;

tu écouterais, tu ne serais pas incrédule, tu croirais ce qu'on te dirait, tu penserais que la vie, quelquefois, réserve d'étranges surprises, opère d'invraisemblables renversements ; alors tu sentirais, pendant les phrases, au milieu des voix, quelque chose s'agrandir en toi, des sensations que tu n'avais pas goûtées consciemment depuis longtemps, le feutre des sons, la qualité de la lumière, le relâchement des muscles, la paix du corps, la détente de l'existence ; des limites intérieures se seraient doucement estompées, l'espace autour de toi semblerait élargi, un léger ralentissement de toutes choses se serait produit, quelqu'un aurait débarrassé le temps de son penchant à passer hâtivement, la journée serait belle et tranquille, celles qui suivraient continueraient toujours d'incliner avec moins de précipitation et seraient désormais, et jusqu'à l'infini, une longue suite d'heures indifférenciées, le prolongement inépuisable de ce nouveau bonheur.

Tu n'étais jamais sûr, après avoir rêvé ainsi jusqu'à la volupté, qu'une telle aventure, si elle avait effectivement eu lieu, eût effacé définitivement de ta mémoire l'empreinte des semaines et des mois où tu te serais cru condamné à tort. Tu doutais si la mort et la souffrance seraient rapidement disparues de ton corps et de tes pensées.

Tu n'as pas renoncé tout de suite à des rencontres.

(On t'avait étendu sur le dos, tu avais regardé le papier peint très dessiné autour de toi, l'inconnu t'avait déshabillé avec une inertie étrange comme s'il avait voulu comprendre ta morphologie et retenir, au fur et à mesure des gestes lents, chaque parcelle de toi qu'il découvrait doucement, des habits commençaient de traîner sur du parquet, l'homme avait passé ses doigts sur ta poitrine et sur ton ventre, tu avais essayé de caresser également, mais tes caresses n'aboutissaient pas vraiment à lui, comme si ta peau ne voulait pas mémoriser la sienne, tu le touchais pourtant, tu avais mis tes mains sur lui, mais son contact, la sensation de rencontrer son corps, de l'effleurer ne remontaient pas à la fin jusqu'à toi, ne semblaient pas pouvoir te concerner, ne s'enregistraient pas, tout aurait cessé vite, cette histoire se serait résorbée rapidement qui se serait confondue avec les grandes complications de la tapisserie où tu avais fixé tes yeux longtemps, tu avais réduit l'ouverture de tes paupières, tu aurais voulu que tout finît par disparaître quand tu les aurais closes, la chambre s'était à peine effilochée derrière tes cils, des segments, des faisceaux colorés, des brillances, des remuements, de petits ondoiements étaient perçus quand même, les mains de l'homme avaient continué de s'appuyer sur toi, il se serait dissous, se serait dispersé comme une fumée dans l'atmosphère, aurait fondu comme un peu de sel dans un liquide, comme ces fantômes ou ces génies des dessins animés qui s'évaporent, qui se rétractent, soudain réduits à rien après avoir été réels et consistants, puis il s'était couché sur toi, il avait été pesant, comme un objet, inerte et encombrant, d'une matérialité plus dense qu'à l'ordinaire, tu rêvais à quelque vie parfaite, à des gestes évidents, à des espaces faciles à traverser, tu voulais des journées idéales, tu pensais à des maisons spacieuses, à des pièces blanches et lumineuses, à de hautes baies vitrées accueillant le soleil, à des bains chauds pris seul, immergé dans une eau très profonde, tu te serais séché dans des serviettes épaisses et tu aurais porté des vêtements souples et légers, bouger, marcher, se déplacer dans l'air, une simple promenade aurait été un rite, il avait retiré son pantalon, tu avais senti ses poils à tes jambes, il s'était frotté contre toi, il avait joui sans toi, de son côté, sans te voir, d'un petit plaisir moche qui mettait mal à l'aise, il avait soufflé fort vers ton visage, il t'avait attiré, tu l'avais repoussé quand il avait voulu, collé à toi, t'obliger au baiser et grandir sa jouissance en unissant vos bouches : il avait demandé si tu n'embrassais pas ;

vous êtes restés, après la petite lutte, au sol, sans mouvement, surpris chacun de ses envies contraires, sans qu'aucun de vous deux osât recommencer de toucher l'autre ; vous ne vous êtes plus parlé ; et puis, après un temps qu'il eût été inconcevable de laisser durer plus, l'étranger s'est levé ; tu as entendu un siphon aspirer l'eau qui s'écoulait d'un robinet et qui frappait l'émail d'un lavabo ; tu t'es assis sur le bord du matelas ; tu t'es senti las, un peu indifférent à ce qui arrivait ; tu as regardé tes pieds qui faisaient deux taches sur un tapis : on aurait dit deux grands insectes sombres aux formes compliquées.)

Dans des pièces où on avait toujours baissé des stores ou tiré des rideaux, où on se taisait, tu croyais, un instant, dans l'obscurité, que tu allais t'abandonner un peu ; tu t'es, quelques fois, senti glisser vers la parole, au bord d'une imminence, très près des choses à dire, mais tous tes mots ne parvenaient jamais jusqu'à ta bouche ; tu voulais qu'on prît l'initiative de la conversation, qu'on posât des questions, précises, celles auxquelles tu n'aurais peut-être pas su ne pas répondre, qu'on t'interrogeât sur les raisons de cette résistance à l'étreinte et aux baisers, qu'on prononçât, pourquoi pas, le terme attendu ; on tournait la tête vers toi ; on t'a souvent regardé longuement comme afin de provoquer une confidence ou de trouver dans la rencontre de tes yeux le commencement d'une explication ; tu les abaissais vite, craignant que ton secret ne fût lisible, qu'il n'affleurât soudain à ta figure ; en les rouvrant, tu tentais d'opposer un regard neutre, inexpressif, où rien ne pût être décelé : ni que tu avais manqué avouer tout, ni que tu venais de te raviser.

Vous vous quittiez rapidement, après la douche, sans que tu te fusses jamais confié à aucun, sans qu'ils eussent appris directement de toi ce qu'ils devaient pourtant avoir probablement senti. Quand ils tendaient leur main, avant de refermer la porte de leur appartement derrière toi, il te semblait parfois qu'ils avaient bien compris. Vous ne vous revoyiez jamais.

La scène, à quelques variantes près, s'est répétée peut-être plusieurs dizaines de fois.

Tu as craint longtemps que tes bras, qui rapprochaient du tien le visage de tes amants, et qui, en engageant à l'étreinte, permettaient d'accéder aux lèvres, ne fussent que des nœuds coulants et assassins, des rets dangereux où certains hommes, imprudemment, sans savoir, aimaient pourtant se prendre ; que les baisers, même parcimonieux, que tu te résolvais toujours difficilement à leur donner, fussent des douceurs empoisonnées, ne continssent de la mort, une mort invisible que tu aurais inoculée sciemment ;

refusant finalement qu'on posât carrément sa bouche contre la tienne (et plus radicalement qu'on s'attardât, pendant l'amour, à tous les points sensibles de ton corps, aux muqueuses, outre celles de la langue, du sexe et de l'anus), non que tu ne fusses pas toi-même rassuré sur l'innocuité de tes propres baisers, de ceux que des inconnus voulaient, dans des lits, dans des toilettes, dans des voitures ou dans des cinémas, bien souvent t'arracher, et auxquels, bouleversé par l'approche et la demande des lèvres, étourdi par une odeur, bousculé par le désir, tu te sentais parfois incapable de ne pas consentir, mais tu n'ignorais pas que la salive contenait des germes et des bactéries qui, quelque inoffensifs qu'ils pussent être pour les autres, ceux qui tâchaient de t'embrasser, pouvaient sur toi s'avérer virulents ;

tu ne les revoyais jamais, inventant des liaisons, une petite amie, un copain, prétextant des histoires incommodes, des amours compliquées, le poids d'une famille, pour ne pas leur remettre le numéro de ton téléphone, ni planifier de rendez-vous, te contredisant la plupart du temps à quelques minutes d'intervalle, oubliant les mensonges que tu venais de faire, embarrassé souvent qu'on s'aperçût que tu voulais en rester là ;

quelquefois, pourtant, tu aurais bien souhaité les retrouver, te rappelant la bonté des caresses, le goût d'une peau, sa proximité, ce bienfait d'un corps qui n'est pas le sien, la soie des poils et des cheveux, ou même, pourquoi pas, révéler tout, ayant pensé le dire à ceux qui t'avaient apprécié, qui t'avaient plu, que tu avais brièvement aimés, mais tu n'avais pas osé risquer qu'on ne te comprît pas, qu'on te fît des reproches, qu'on t'en voulût de ce premier silence, ou qu'on te repoussât (tu aurais expliqué la vertu d'une présence, de leur enveloppement autour de toi quand vous dormiez ensemble, et puis, surtout, aussi, tu leur aurais parlé de la menace que tu espérais bien n'avoir jamais représentée pour eux) ;

pris d'un petit remords parfois, qui chiffonnait, au souvenir d'un baiser que tu n'avais pas d'abord accepté de céder, détournant la tête, serrant les dents, ne donnant pas ta langue, annonçant que tu n'embrassais jamais pour qu'on cessât de chercher des raisons, de poser des questions, pour qu'on s'inquiétât moins de toutes ces réticences ; aux souvenirs des quelques baisers rares que tu jugeais qu'on t'avait extorqués quand on avait passé sa main derrière ta nuque, t'assurant une dernière fois auprès de chacun, avant qu'on s'appuyât, qu'on se couchât sur toi, qu'on avançât sa bouche contre la tienne pour y happer ta langue (tu sentais la matière des muqueuses, tu pensais à vos salives qui se mêlaient), s'ils n'avaient jamais peur des lèvres d'un étranger, trouvant dans leur confiance tout un refuge à tes hésitations ou un prétexte à une audace ;

tu t'isolais dans ta chambre, décidant que seule la répétition de l'acte amoureux comporterait un risque pour tes partenaires ; puis tu recommençais, quelques jours, quelques semaines après, à nouveau plein d'envies, de vouloir sortir, de vouloir sentir ce réconfort d'un autre près de soi, tu prenais rapidement une douche, tu enfilais un vieux jean, tu passais un blouson, tu disciplinais tes cheveux, tu traînais dans des rues, aimanté par le soir, par le secret d'un lieu où tu savais qu'on se cherchait, dans des faubourgs ou dans des squares, tu y croisais des silhouettes, tentant d'identifier d'abord, avant que de parler, le garçon susceptible d'accepter seulement que vous vous caressiez si vous conveniez de rentrer tout à l'heure ensemble, répétant ceci, après que vous vous étiez abordés, toujours la même chose, que tu espérais, cette nuit-là, exclusivement une chaleur, un long rapprochement physique, dormir uniquement, pas plus, dans le même lit qu'un autre, toi contre lui, avertissant que tu n'attendais pas le rapport sexuel, posant des conditions pour le suivre chez lui, arguant de la terreur où tu vivais d'être contaminé pour justifier à l'avance, quand vous vous retrouveriez un peu plus tard, seul à seul dans un appartement, et que tu sentirais, dans une chambre, sous des couvertures, son corps se rapprocher du tien, la bouche que tu refuserais de tendre puis d'ouvrir, et son sexe que tu ne laisserais pas pénétrer dans toi ;

souhaitant que dans la nuit des draps on se superposât à toi, qu'on t'entourât de soi, qu'on te recouvrît, qu'on t'enfermât le plus possible sous son immensité, qu'on n'exigeât rien d'autre que cet enlacement maximal, qu'on aimât comme toi ce contact géant, mais jamais qu'on te fît davantage ;

alors, certains matins, quand tu étais finalement resté chez quelques-uns qui t'avaient invité, après ces heures entières que tu avais passées à te pelotonner contre eux jusqu'au lever du jour, à caresser des peaux, à serrer des épaules et des dos, à retenir des sensations, à essayer de ne pas t'assoupir complètement, à écouter, dans le silence de ces maisons que tu ne connaissais pas, la lente respiration de ceux qui reposaient à ton côté, alors, comme un dormeur qui se réveille n'a pas d'abord la perception précise de ses membres engourdis, tu ne parvenais pas à savoir, dans le croisement de vos jambes et de vos bras que l'immobilité avait chaque fois ankylosés, où tu te trouvais très exactement, ce qui t'appartenait plutôt qu'à eux. Tu avais somnolé. Vous étiez mélangés. Tu confondais vos corps. Tu étais exaucé.

D'autres nuits, tu te rendais encore dans certaines discothèques à la mode, dans les quartiers centraux des Halles ou de l'Opéra ; plus d'une fois, calé dans un divan, arrêté dans un coin, tu voyais, dans la circulation incessante des personnes, cherchant des signes, qu'on parvenait à s'amuser dans l'insouciance ;

des multitudes remuaient, des ombres s'animaient ; tu retrouvais parfois des camarades, d'anciennes connaissances ; il semblait qu'aucune passerelle ne fût jetée entre la rive des morts et des malades devenue maintenant familière pour toi (de l'hôpital, de ses fantômes que tu croisais dans des couloirs, des confidences à des amis, des coups de téléphone bavards et tristes), et ce monde des danseurs où on bougeait dans des couleurs, dans des fumées, sous l'électricité, dans la lumière intermittente des stroboscopes, qui devait bien pourtant réunir en son sein beaucoup de ceux qui, comme toi, supportaient un secret, le plus souvent sans rien laisser paraître.

L'agonie, la mort des autres (visibles dans les pages des magazines, diffusées sur l'écran des téléviseurs, aux actualités, dans des publicités, dans des feuilletons, aperçues aux accueils des centres médicaux où tu te rendais, dans ces couloirs de l'hôpital où tu passais une fois par mois pour ta consultation, des prélèvements sanguins et un aérosol), te rappelaient, si tu te portais bien, qu'on pouvait aller mal. Tu étais attentif, qu'il s'agît de tous ceux dont les médias parlaient, ceux dont on exposait parfois complaisamment l'image, célébrités, artistes, écrivains, philosophes, photographes, danseurs, cinéastes, comédiens, rock stars, stylistes, chorégraphes ou sportifs, ou dont on murmurait qu'ils pouvaient être atteints, qu'il s'agît d'amis proches, de vagues relations, ou d'inconnus dont tu avais senti, sans qu'ils s'en fussent doutés, qu'ils pourraient l'être aussi, que tu voyais, au sport, dans des salles, sous des douches, en te séchant dans des vestiaires, tu étais attentif à la venue du mal sur eux, aux variations du corps et du visage, au combat qu'ils livraient, chacun de son côté, chacun à sa manière, souvent symétriquement, contre la maladie, à la réponse qu'ils s'efforçaient d'y apporter, incapables, à la fin, de s'opposer à son apparition.

Le lieu du corps des autres était toujours pour toi l'occasion d'une comparaison. Ils te contenaient. Ils étaient une règle, un principe, une mesure où tu te rapportais spontanément. Ils te parlaient de toi. Ils t'anticipaient. Ils étaient un avertissement. Ton futur vraisemblable et prochain. Tu leur ressemblerais.

C'est en les regardant, avant même qu'aucune métamorphose ne se fût produite sur toi, ne se fût reflétée dans les glaces, que tu t'es connu. En t'intéressant à eux, tu t'occupais de toi : tu te concevais.

Tu sentais presque physiquement certains jours, en les voyant agoniser, le pouvoir, pour eux, de se répliquer sur toi.

Et s'il était vrai que tu t'inspirais fréquemment de ceux sur qui ton regard achoppait pour t'envisager, traquant les différences, trouvant des points communs, si ceux qui te précédaient de plusieurs mois ou de quelques années à un stade plus avancé de la maladie te racontaient une histoire que tu vivrais sans doute un jour, si tu te découvrais un peu en chacun d'eux, s'ils te servaient à te connaître par avance, s'ils te concernaient, souvent aussi, tu retrouvais chez ceux dont tu soupçonnais qu'ils pussent être malades ce qui, chez toi, t'avait impressionné :

tu t'appliquais mécaniquement à ceux que tu croisais ; tu décelais les fatigues, les bâillements et les cernes aux yeux ; tu as cru, certaines fois, dans des soirées, ailleurs, sans le vouloir vraiment (comme il arrive que soient immédiatement compris, chez d'autres qu'on observe, les défauts qu'on avait et puis qu'on a gardés cachés), repérer ces malades invisibles à la majorité, soit qu'il fût clair pour toi que quelqu'un bougeait son corps étrangement, qu'il le tenait d'une manière qui était insolite ou maladroite, et qu'il s'était déjà un peu abandonné, dans sa bataille, à un air maladif, comme si un événement l'avait privé, en les coupant, de ces fils imaginaires et verticaux, qui redressent naturellement toujours le dos de ceux qui savent qu'ils sont valides (alors on comprenait qu'une maladie qui apparaît, qui commence d'affleurer à la peau, de marquer physiquement, c'est moins, peut-être, la progression de quelque chose, une puissance qui naît, que des efforts qu'on ne fait plus, que de la volonté qui disparaît, qu'une résistance qui cède quand on a reculé, comme une mer, un océan dont les vagues qui avancent, sur une grève, à la marée montante, ne sont pas dues, comme on croirait, à la force des eaux, mais au soleil ou à la lune, à des astres exerçant leur attraction différemment ; et plus généralement, on comprenait qu'une agonie est faite successivement de résistances et puis de démissions, d'écroulements, de fortifications, d'échecs et de victoires, de petites morts et de résurrections) ; soit, au contraire, qu'on s'attachât à se raidir outrageusement, à empêcher que le corps ne trahît, à se mouvoir avec aisance, comme s'il s'était agi, pour l'inconnu, de contenir son apparence (dont on pouvait sentir qu'il ne l'oubliait pas) dans les limites d'un dessin présentable, en réorganisant sans cesse tous les traits de sa face, en combinant, l'air détaché de soi, l'entrain et les sourires, un peu comme une personne endimanchée, coquette ou trop fardée, ne parvient que rarement à ne pas se rappeler sa mise et ses cheveux, son maquillage et sa figure, ses chairs et puis son teint, qui n'arrête pas de se penser, qu'elle marche, qu'elle danse, qu'elle parle ou qu'elle s'assoie ; soit qu'on eût devant toi, sans se douter que tu venais peut-être de saisir quelque chose, un rien, son origine et sa fonction, répété les mêmes petites manies que tu avais, que tu reconnaissais, évidentes à tes yeux, infinitésimales, manies éparses, subtilement distillées au fil des heures, comme apparues pour toi sous un rayon spécial, à la lumière de projecteurs que les autres ignoraient, dont il semblait que tu fusses seul à savoir qu'ils pouvaient éclairer, manies inapparentes aux foules, illisibles pour ceux à qui tu t'étonnais qu'il manquât à ce point tout ce discernement, ces antennes, ce radar, ce sens, ces yeux supplémentaires que tu avais pour voir et pour sonder : c'était une certaine façon de n'être pas toujours soucieux des gens qui vous entourent, de se placer parfois prudemment à l'écart, de marquer des distances, de parler bas, ou bien, à l'opposé, de parler fort, de s'extérioriser ou de se renfermer, de se lier, de s'isoler, d'être trop triste, ou trop joyeux, de feindre être toujours heureux : tout arrivait à te déconcerter, les faits et les comportements parfois les plus contradictoires ; tout désorientait, l'ennui et la vitalité, la fatigue et la forme, la bonne et la mauvaise humeur, la gentillesse comme la méchanceté, qu'on fût trop sage ou qu'on gesticulât ;

remarquant malgré toi, chaque fois que tu serrais la main d'une personne qu'on t'avait présentée, ou d'un ami que tu étais en train de saluer, si elle était curieusement fraîche, si elle présentait ce syndrome des doigts *blancs et froids* que tu avais été consterné, bien des années plus tôt, alors que tu étais frappé depuis plusieurs mois que l'extrémité de tes propres mains fût constamment glacée et comme marquée d'imperceptibles points de chair claire, d'apprendre, un jour, dans une revue scientifique, que des médecins considéraient cette innocente anomalie, dans le long catalogue de celles qu'il tend à générer, comme l'un des tout premiers signaux, longtemps avant la catastrophe, que le rétrovirus a commencé d'agir.

Tu avais hésité à parler. À prévenir de la famille ou des intimes, choisissant la réserve par peur de ne pouvoir résister, dès les premières syllabes dites, à l'afflux des mots, à cet emballement de la parole que tu sentais bien que tu n'aurais peut-être pas su brider suffisamment, dont tu n'aurais sans doute pas préservé celui qui aurait semblé disposé à t'écouter complaisamment. Tu préférais te taire plutôt que d'assommer.

(Et puis, longtemps, tu n'avais pas voulu céder à cette tentation factice, tout à fait inutile puisqu'aucune urgence médicale, pour l'instant, ne t'acculait encore à cette obligation, d'annoncer à des proches ce que tu endurais : il fallait éviter le piège d'alourdir vos rencontres, de les charger d'un ressassement, du commentaire, de la conscience répétée de ton mal ;

et puis, avouer tout, le dire aux autres, c'était d'abord reconnaître être atteint, souffrir d'une maladie ; c'était aussi la proposer comme une chose indépendante, extérieure à soi, qui vivrait sa vie hors de soi, qui serait un sujet, qui aurait un nom dans la bouche et dans l'esprit de ceux à qui tu te serais confié ; c'était prendre ce risque qu'elle ne devînt réelle, qu'elle n'acquît du crédit, une valeur objective, sa liberté, un peu comme une œuvre qu'on a finie, un livre qu'on vient de publier, qui ne vous appartient déjà plus, comme un enfant qu'on a lâché, qu'on ne peut surveiller, qui s'émancipe ou qui grandit sans vous ;

persuadé que tu aurais sans doute hâté un processus, accéléré le temps, validé une donnée, fixé un terme, si tu avais, en t'ouvrant à quelqu'un, articulé distinctement les quatre lettres que tu ne prononçais jamais devant personne.)

Pourtant, un jour, ta mère était avertie. Elle a

téléphoné. Pendant des mois. Quotidiennement. À heures fixes. Elle demandait, au bout du fil, qu'on se dît enfin tout, qu'on ne lui mentît plus, qu'on ne cachât plus rien. Tu te doutais, à chaque appel, qu'elle s'informait chez elle, de son côté, à la campagne. Qu'elle lisait des articles. Qu'elle suivait, tard le soir, des reportages et des débats à la télévision. Qu'elle cherchait à se faire au malheur. À t'aider mieux aussi. Elle t'envoyait, mensuellement, des lettres où figuraient des chèques. On racontait, les premiers temps, qu'elle pleurait toutes les nuits. Mais tu répondais mal ; c'étaient, de ton côté, à ses questions, des mots brefs, des propos évasifs, des phrases inachevées. Des impatiences où on devait sentir ton intention de ne rajouter rien. Et quoique vous eussiez conversé un peu, tu savais bien qu'elle te quittait toujours déçue, laissée en fait, par ton mutisme, sans vraies nouvelles de toi. En raccrochant, tu te répétais que tes silences étaient cruels. Alors, d'autres fois, sans logique, tu ne gardais plus rien, tu rapportais tout, tu expliquais le traumatisme de certains examens, tu lui parlais de l'hôpital, du spectacle des autres, ou bien encore, par exemple (tu arrivais à plaisanter, tu étais un jardin, une forêt, un bois humide, une terre, un champ fertiles), des champignons qui poussaient sur ton corps, à ton front, au thorax, aux épaules et au dos, et qu'aucune cortisone ne permettait d'éliminer durablement, tu parlais des souffrances impossibles à exclure, des drames qui t'attendaient sûrement, des maladies à venir. De ton décès prochain. De funérailles. De son deuil à elle. Tu entrais dans tous les détails.

Car tu sentais, de plus en plus souvent, qu'il était peu probable que tu t'en sortisses jamais, que chaque étape supplémentaire, ces petites affections, ces petits accidents, avant même qu'ils ne fussent vraiment graves et dangereux pour toi, quelque tolérables, quelque bénins qu'ils fussent encore, devaient bien, tout de même, augurer une vie sans véritable lendemain, et qu'un recouvrement de la santé, une guérison définitive constituerait un cas unique, une telle exception dans le monde, qu'il faudrait pourtant, un de ces jours, que tu te raisonnes un peu, que tu finisses par renoncer à y sceller tes vœux ;

alors, petit à petit, le soir, après que la journée s'était écoulée pendant laquelle tu avais réussi à oublier ta propre histoire en travaillant auprès de tes collègues, en faisant du sport, en sortant, en voyant des amis, tu n'es plus arrivé à ne pas t'affaler, une fois rentré à la maison, dans ta chambre, en travers de ton lit, exténué des efforts innombrables qu'exigeait cette fuite loin de toi, subitement incapable de rien faire, tu n'es plus arrivé à ne pas remonter de l'effet vers la cause quand tu prenais ces médicaments qui te ramenaient à ton état, d'abord les gélules blanches et bleues de l'AZT, puis, quelques années plus tard, la poudre et les comprimés blancs remplis de ddI (tu entendais le métal de la petite cuillère tinter contre les bords du verre, tu regardais la suspension des granulés dans l'eau, leur précipité clair fondre progressivement, emporté, dans un tourbillon, par les tours du poignet), à ne pas établir, vaincu finalement par une ordonnance, un rapport immédiat, instantané, entre ces traitements que tu suivais et le virus dont ils étaient censés ralentir le triomphe dans ton sang ;

il était devenu difficile, presque impossible maintenant (et par quel artifice, par quelle acrobatie mentale y étais-tu parvenu si longtemps en avalant quotidiennement toutes sortes de pilules, en diluant ces poudres, en ingérant ponctuellement ces différentes chimies ?), de croire que tu serais épargné, de croire que tu n'étais pas exactement malade, pas comme les autres, ceux qui mouraient et dont tu imitais certainement les gestes pour te guérir ou te soigner ;

le volume de ta pharmacie personnelle augmentait régulièrement : des boîtes et des sachets, des tubes, des crèmes dermiques et des pommades antifongiques, des flacons, des cachets, des gélules, des sirops, des solutions orales, de multiples pansements, divers aseptisants ne manquaient pas de s'entasser dans la partie supérieure d'un placard, au-dessus de tes affaires de toilette, à côté du grand ballon d'eau chaude ;

et tu ne pouvais plus douter que tu étais atteint d'un mal quand tu accumulais tant de médications qu'on destinait à le combattre, et toutes ces précautions, que tu renouvelais, jour après jour, que ne prend pas celui qui se sait bien portant.

(Continuant pourtant de t'étonner, quand tu longeais des magasins sur des trottoirs, quand tu te distinguais à leurs vitrines, que tu t'apercevais devant les hautes surfaces réfléchissantes qu'on avait élevées dans les gymnases où tu tenais à te rendre toujours plusieurs fois par semaine, qui recouvraient un peu partout les murs des salles, les cloisons des vestiaires, l'air faussement désintéressé face à toi-même, te forçant à ce semblant d'indifférence pour ne pas contrarier l'émergence (crainte et attendue) de ce que tu traquais du regard, qu'il semblât, bien que souvent tu te sentisses si las que tu imaginais que cette fatigue qui te freinait et qui alourdissait, devait être flagrante, incontestable, identifiable à des indices, à des cernes, à de petits effondrements, à la tenue relâchée des épaules, à cet ovale inhabituel du dos, que rien ne polluât extérieurement ton corps, que rien ne transparût encore, que rien ne fût bougé. Que ton mal pût rester à ce point opaque malgré l'appel des yeux. Un ami, une connaissance engageait la conversation, un inconnu t'adressait la parole : aucun détail de toi ne semblait intriguer.

Et quand, d'autres fois, inversement, il t'avait semblé que tu trouvais quelque chose de nouveau en guettant ton reflet, tu te disais que non, décidément, cela ne pouvait être là ; tu imputais ces découvertes à ces regards que tu avais exercés trop, aux efforts excessifs que tu faisais pour voir. Tu te persuadais que tu l'avais cherché, que tu t'étais arbitrairement interrogé. Tu te disais que c'était inventé. Que tu avais forcé tes yeux.)

Tu évitais maintenant, devant les autres, les mauvais éclairages, les coups de lumière brutale, les stations prolongées, immobile sous des spots, les clartés vives et drues, les ampoules nues, la pluie des néons sur ta figure, soucieux de la façon dont le jour tombait sur toi, changeant fréquemment de place, de crainte (car il était toujours possible, tes propres mutations trompant ta vigilance, qu'on ne te vît peut-être comme tu n'arrivais plus à te voir), qu'on ne comprît que ta peau grise, ta drôle de mine provenait moins d'une circonstance fortuite et matérielle, que d'une disgrâce irréparable ;

n'osant plus montrer tes photos dans ta chambre, les sortir des albums, les exposer, contre des livres, sur les rayons de ta bibliothèque, toutes ces photos de la parfaite santé où tu apparaissais athlétique et confiant, les camouflant loin des regards, glissées entre des magazines, dans des cartons, tout au fond d'une armoire, pour que personne ne comparât hier et aujourd'hui, mentant, quand un curieux réussissait malencontreusement à les dénicher, sur les dates auxquelles elles avaient été prises, falsifiant les repères, les reculant dans le temps, certifiant qu'elles étaient assez vieilles quand elles étaient récentes, afin qu'on ne s'étonnât pas qu'un homme si jeune encore différât à ce point de celui qu'il était peu auparavant, qu'on ne fût pas trop atterré de voir combien la personne que tu étais devenu était changée, ressemblait désormais si peu à ses propres portraits, et qu'on n'imputât pas ce décalage spectaculaire à quelque événement terrible qu'on penserait que tu taisais volontairement, mais bien à la distance des années, à la vie qui ne manquait pas de passer, sur toi comme sur les autres, au vieillissement qui nous affecte tous ;

effrayé que du temps s'écoulât qui rapprochait de quelque issue mauvaise, certain qu'il devait survenir un grand drame décisif, stupéfait d'avoir été, jusqu'ici, relativement épargné, souhaitant que quelque grâce, non pas seulement durable, mais bien plutôt perpétuelle te fût accordée, que quelque invraisemblable miracle, pendant cette phase où rien n'avait encore vraiment eu lieu (jouissant de ce sursis comme tu pouvais, t'inquiétant, plus il se poursuivait, convaincu de son caractère provisoire, apercevant dans son prolongement la limite qu'il atteindrait bientôt, après quoi tout devrait nécessairement s'enclencher une bonne fois pour toutes sans qu'on pût faire que tout fût autrement), contredît tes appréhensions, démentît tes prédictions, tout ce que tu savais désormais qui ne pouvait plus ne pas advenir ;

ne doutant plus que la maladie transformerait profondément quelque chose en toi, t'abîmant à la longue ou d'un coup, marquant ta peau, creusant tes joues, ployant ton corps, embarrassant tes gestes, dissolvant tes muscles, ralentissant la cadence de ton pas, coupant rapidement ton souffle quand tu aurais à marcher dans des rues, à parcourir un court trajet, quelques marches à gravir, un simple effort à soutenir, rester un peu debout, te lever, enfiler un vêtement, te laver, te baisser pour nouer les lacets de tes chaussures, et tu serais perplexe que des mouvements aussi petits, prenant pourtant si peu d'espace, aussi peu susceptibles de n'être pas faciles à accomplir, dussent requérir tant d'énergie ;

te disant que le jour où ils apparaîtraient, ton nouveau corps et ton nouveau visage, alors présents dans les miroirs, ne feraient que combler une attente, qu'ils actualiseraient une pensée, une ancienne théorie, une lointaine disposition des muscles et des traits, en découvrant enfin un masque, une morphologie inscrits virtuellement en toi depuis longtemps, comme ces papiers photographiques immaculés, encore sans image, lisses apparemment de toute définition, mais faussement vierges (dont on vient de placer l'émulsion sous le négatif qu'une lampe éclaire, et puis de l'exposer, pour y impressionner les contrastes que retiendront les sels d'argent qu'elle aura oxydés, à la lumière d'un appareil agrandisseur), divulgueront progressivement, après qu'on les aura plongés dans le liquide d'un bain révélateur, le portrait, la personne ou le panorama qu'ils contenaient déjà mais qu'on ne voyait pas.

Tu as eu des cauchemars. Tu avais peur de l'asphyxie, que ta respiration ne s'arrêtât dans ton sommeil, de suffoquer comme un noyé, un étranglé ou un pendu. Tu rêvais, certaines nuits, qu'on t'enfermait dans des caissons dont les parois se resserraient. Tu rêvais d'étouffements, d'immersions prolongées dans des eaux très profondes, de dangereuses apnées dans des espaces qui se contractent. De tubes étroits où tu devais passer. De longs tunnels où l'air manquait.

Tu as tenté, quelques fois, d'approcher l'impression de la mort. Tu procédais toujours de la même façon : tu étais allongé dans l'obscurité, dans une baignoire ou dans un lit ; tu t'immobilisais parfaitement, les bras disposés parallèlement au tronc, tu t'efforçais de t'empeser contre l'émail ou sur le matelas, de t'alourdir du poids que tu croyais être celui des morts ; tu fermais les yeux, la salle de bains ou la chambre s'oblitéraient ; tu suspendais ton souffle, ou tu le raréfiais jusqu'à le rendre si ténu, si insoupçonnable, qu'on aurait pu imaginer qu'il fût interrompu ; ta poitrine ne se soulevait plus ; tu essayais de devenir gisant, d'inspecter le néant ; tu voulais que le monde s'évanouît vraiment à la clôture de tes paupières, qu'il cessât, pour un temps, de se réfléchir en toi. L'eau chaude autour de ta peau, les draps qui te recouvraient, semblaient pouvoir finir d'être des sensations. Tu attendais que tout disparût qui était sur le point de s'effacer complètement. Mais la mémoire des choses te revenait déjà, qui persistaient, malgré le noir, comme un écho de la réalité, au bord de la pensée. Et tu te souvenais de tout, de la baignoire et puis du lit, des meubles et des objets, de l'espace et des murs. De ton projet de t'oublier. Tu avais remué. Tu percevais le poids des couvertures et la tiédeur du bain. Ton sang battait un rythme à tes tempes. Comme une petite montre. Tu venais de comprendre : tu ne coïnciderais jamais avec ton cadavre. Toutes tes tentatives pour y parvenir demeureraient infructueuses. Ta propre mort t'échapperait toujours.

Mais parfois, tu t'étais assoupi, alors, tu avais espéré, en revenant à toi, qu'elle serait, oui, un doux endormissement, cette tendance indolore au sommeil.

Tu as pensé partir, couper les ponts, mettre les voiles. Tu voulais lever l'ancre. Tu as pensé à la rupture, à l'exotisme, au voyage, visiter des pays, des continents entiers, habiter des régions étrangères, l'Italie, la lumineuse Toscane, l'aride Espagne, l'Amérique, la bleue Californie, l'Australie, voir des villes, New York, la déraisonnable, San Francisco, Los Angeles, Rome, Florence, Venise, Berlin, la libérale, Londres, Barcelone, les excentriques, ces clichés, ces cités prestigieuses où tu n'avais pas supposé qu'un jour, dans ta jeunesse, des circonstances t'empêcheraient de te rendre, où tu avais, depuis longtemps, envisagé d'aller, jalonnant par avance, dès ton adolescence, ta vie future d'étapes indispensables, qui te modifieraient, à n'en pas douter, profondément, traçant pour toi, très tôt (quand tu t'abandonnais, dans ta chambre, assis devant ton secrétaire, penché sur des atlas, des cartes et des mappemondes, à ta rêverie, à cette envie d'ailleurs), ta propre géographie du bonheur ; espérant, si tu quittais Paris, que tu partisses maintenant pour des destinations lointaines, trouver un sens différent à ce qui t'arrivait, t'imaginant que l'exil, en même temps que l'éloignement des lieux qui l'avaient vue s'accroître, devrait induire celui, infaillible, de la maladie (comme on croit trop souvent qu'on règle un drame, une difficulté, en oubliant l'endroit, en fuyant le théâtre où ils s'étaient noués) ;

ce seraient de nouveaux paysages, d'autres décors pour d'autres habitudes, une existence inattendue s'ouvrirait devant toi, ce seraient des contrées étranges, de mystérieux espaces et des distances inconcevables, l'étendue d'un désert ou d'un vaste océan, l'orée d'une forêt secrète, des climats idéals, des pluies chaudes, inconnues, des fleurs énigmatiques, des sons et des parfums qui étonneraient, des lumières, des soleils et des ciels, inédits pour toi.

Tu resterais. Tu avais décidé de consigner des dates. De tenir l'agenda, de démêler ici le fil des jours qui s'accumulent.

2

Temps de l'agonie

ton journal *

* *Avertissement.* Des parties laissées *sans date,* qui en portent mention, ont été intégrées au texte par l'auteur au gré de sa mauvaise mémoire. Au lecteur de les articuler dans une chronologie meilleure, s'il y a lieu.

agonie, du grec *agônia* signifiant proprement *lutte, combat.*

Sans date. Je viens de retrouver un ancien portrait de moi, qui doit dater de l'année précédant l'annonce de ma contamination (quand je n'y croyais pas encore, mais savais déjà tout, me réfugiant alors, en fuyant les docteurs et les tests, dans l'ignorance et sa sécurité), ou plutôt des mois qui l'ont immédiatement suivie. En s'y arrêtant un peu, on pourrait se demander rétrospectivement (alors même qu'il avait semblé, à cette époque, que je tinsse cette réalité (ou cette information) pour douteuse, qu'elle ne dût pas gravement ni définitivement engager ma vie, que rien dans mon comportement ni dans mon corps n'accréditât l'hypothèse que tout empirerait, ou que la complication de mon mal, pour inexorable qu'elle fût, m'apparût si lointaine, rejetée dans un avenir si éloigné de mon présent, qu'elle en était devenue franchement improbable), si je ne sentais pas déjà, à mon insu, malgré la pleine santé, la gravité de mon état, la perspective d'une catastrophe. Le petit drame qui commençait de se jouer en moi.

On peut déceler sur cette photographie une curieuse raideur, certainement destinée à préserver le visage et le torse d'un relâchement suspect, d'une mollesse de malade ; je ne suis pas à mon aise ; je me pense trop ; je suis conscient des muscles de la face et du maintien de mes épaules, comme si j'avais voulu, par de la pose, contredire un verdict. On peut y voir également une manière de faux et doux sourire qui ne découvre pas les dents, qui ne change pas la forme des pommettes et ne monte pas jusqu'au regard ; un sourire qui se retient, qui n'ose pas s'étendre au-delà du contour des lèvres, qui ne saurait se libérer un peu sans se mentir beaucoup. Comme sur un cliché pris juste avant des pleurs. Et cette rencontre, ce paradoxe entre l'apprêt forcé du corps et cet étrange rictus, uniquement circonscrit à la bouche, qui évite, comme un démenti, le reste du visage et ne donne pas leur lumière aux yeux, produit un petit air triste, inhabituel chez moi qui ai tant travaillé pour opposer à l'attention des autres et à mes propres doutes, contre l'échec et la résignation, vitalité, joie de vivre, insouciance et aplomb.

Février. Vendredi 28. Le temps était très doux aujourd'hui. J'ai ouvert ma lucarne, je me suis allongé sur mon lit, j'ai laissé, pour la première fois depuis le début de l'hiver, la tiédeur de l'air et les bruits de la rue pénétrer largement dans ma chambre.

J'ai dit à Gareth, dans le métro, qu'écrire un roman relevait dans mon cas, ou de l'exploit sportif, ou du parcours du combattant. J'explique également que je serai sans aucun doute l'écrivain d'un seul livre.

Mars. Lundi 02. Ai-je encore aujourd'hui l'espoir insane d'échapper jamais à ce qui paraît inéluctable ? Quand je sens, comme cette après-midi, amplifié par la vitre, le soleil appuyé sur moi (contre mon crâne, à mes épaules et sur ma nuque), et qu'aucune douleur particulière n'enraye mon optimisme, il m'arrive de douter du sérieux de mon mal.

Jeudi 05. Au sport, ce matin, et le jeu des miroirs me permettait de l'observer sans qu'il s'en rendît compte, un vieux beau attrape soudain quelque chose dans les glaces du vestiaire. Une menace sur sa peau. Ses yeux paniquent. Il interroge, visiblement terrorisé, du regard et des doigts, un point précis de son dos (une blessure ? une tache ? un bouton ?). Y revient plusieurs fois. Se tord le cou pour mieux examiner le coin suspect. Je n'ai pas pu m'empêcher, en passant derrière lui après m'être habillé, avant de quitter le gymnase, de vérifier à mon tour s'il s'agissait d'un Kaposi, cette tumeur maligne qui détruit chez certains, entre autres, les tissus de leur épiderme.

Vendredi 06. Heidi, mon élève australienne, qui ignore tout de mon état, m'a annoncé au téléphone, il y a quelques jours maintenant, qu'un de ses amis, âgé de 21 ans, ayant appris, peu de temps auparavant, qu'était intervenu dans son bilan sanguin un écroulement brutal du taux de ses T4 (ces lymphocytes principalement chargés, dans l'organisme, de notre immunité, qui sont visés par le rétrovirus), au-dessous de la barre psychologique, impressionnante pour un malade, de la centaine, que des ombres, par ailleurs, avaient apparu sur ses poumons à la lecture de ses radiographies et qu'il devrait par conséquent, pour espérer survivre, poussé par les médecins, commencer sans attendre, simultanément, une antibiothérapie et le traitement par l'AZT, que cet ami, arrêté par le nombre cent, brutalisé par ce qu'on expliquait, venait de se donner la mort. Avant de se rendre en province chez ses parents pour se tuer d'une balle dans la tête, il avait appelé tous ses proches pour dire, sans rien avouer, qu'il pensait bien à eux.

Après avoir raccroché, j'ai mis un laser, j'ai augmenté, afin de pouvoir hurler dans ma chambre sans qu'on m'entendît, le volume de mon lecteur jusqu'à son maximum.

Aujourd'hui, à la télévision, on ne parle que du virus informatique *Michelangelo* qui doit théoriquement ruiner à travers le monde des millions de banques de données. Je note, aux actualités, le vocabulaire utilisé : *propagation, contamination, transmission de la maladie, vaccin, infection,* etc.

Nous vivons une décennie prise par l'obsession de toute contagion. Notre langage est infesté pour longtemps des métaphores de la médecine et l'épidémie, comme du lexique de la morbidité.

Samedi 07. Je viens de recevoir une lettre de mes parents : à l'intérieur (en sus d'un chèque), glissées dans des feuillets, quatre violettes séchées, les premières fleurs à pousser dans leur jardin, le long d'un mur de leur nouvelle maison, à la campagne, dans le Cher.

Je ne me rappelle pas qu'ils aient jamais eu, à mon endroit, de geste aussi délicat ; je ne me rappelle pas avoir jamais reçu, dans ma vie d'adulte, un courrier commun de mon père et de ma mère.

Ce récent lien épistolaire qu'ils semblent avoir résolument décidé de nouer désormais avec moi m'effraye un peu. Je n'étais pas habitué à tant de proximité familiale.

Dimanche 08. Depuis près d'un mois maintenant, perceptible dans la partie supérieure de mon abdomen, une piqûre à peine douloureuse, un point d'acidité bien net, non pas diffus, mais très délimité, une petite chaleur, un élancement (dont je saurais précisément, à l'aide du doigt, mesurer la radiance et marquer l'emplacement sous la peau), apparaît, disparaît, voyage parfois jusqu'à un autre endroit de l'estomac, résiste aux antibiotiques et aux anti-inflammatoires prescrits par mon médecin.

On se demande toujours, à ces bobos qui durent malgré des soins, s'il ne s'agirait pas des tout premiers symptômes d'un mal qui vous emportera.

Mardi 17. Je n'ai pas démenti ce matin quand Gareth m'a répondu (après que je lui ai rapidement révélé que je me sentais anormalement nerveux ces derniers temps), qu'il savait, qu'il m'avait entendu parler seul, hier soir, à voix haute, dans ma chambre, et qu'il avait compris qu'une chose se passait : en fait, j'étais au téléphone, on m'avait appelé, je m'étais juste un peu animé pendant la conversation. Je n'ai pas ressenti de gêne particulière à le laisser imaginer qu'une certaine folie me gagnait sûrement.

Jeudi 19. J'ai traîné toute la journée, puis tout le soir, n'hésitant pas d'y retourner rapidement, après la leçon de français que j'avais dû donner (sans être parvenu à l'annuler ni à la reporter), en fin d'après-midi, à une élève, me dépêchant, impatient d'y retrouver ce spectacle des autres, nouveau pour moi, à Pigalle, dans un ciné porno où je n'étais jamais entré. J'essayais, dans les deux salles où on projette les mêmes films en permanence, de deviner qui se cherchaient dans l'obscurité. J'ai fait attention à la circulation des silhouettes dans des couloirs, aux allées et venues de certains hommes dans des toilettes. On pousse des portes qui grincent, des espaces sombres s'ouvrent, on s'aventure dans d'étroits corridors, on sent des immobilités, qu'on retient des envies d'aborder, des haleines frôlent dans le noir, des cigarettes où on aspire élucident des visages, des mains ou des épaules, on rencontre des yeux, on pense aux corps sous les vêtements, on voudrait caresser et être caressé, on entend des froissements, on comprend, quelquefois, que d'autres, dans un recoin, se sont rapprochés. Sur des marches, dans un escalier presque sans jour, deux jeunes Arabes, le pantalon tombé à bas des jambes, ont mis une dureté étrange à s'embrasser longtemps. Ils se touchaient comme on se bat. J'ai vu, grâce à un peu de la lumière qui éclairait la scène, le liséré des poils aux cuisses et qu'ils avaient bandé leur sexe.

Samedi 21. J'ai rencontré Henri au sport aujourd'hui. En le saluant, j'ai découvert que ses yeux étaient creusés. Il m'a semblé également que ses pommettes étaient plus saillantes que dans mon souvenir. Après la douche, pataugeant avec moi dans des flaques, marchant comme moi sur le côté du pied, il a évoqué, sur le ton de la plaisanterie, les mycoses que risquaient d'occasionner le mauvais entretien du sol et l'eau stagnant dans le couloir qui conduit aux toilettes. J'ai pensé à une préoccupation de séropositif. Dans les vestiaires, il riait fort et parlait beaucoup. En sortant du gymnase avec lui, alors qu'il venait de me proposer de me raccompagner chez moi en voiture, j'ai remarqué qu'il toussait.

Jeudi 26. De retour de l'hôpital, vers huit heures du matin, après ma prise de sang, quasiment à jeun, deux malheureux yaourts dans l'estomac, j'ai aidé, à la station Austerlitz, une vieille dame à porter sa très lourde valise dans les escaliers du métro. Elle m'a récompensé d'un merci bien sonore et d'un large sourire que je me suis empressé de lui rendre incontinent.

Avril. Dimanche 05. Voilà bientôt une dizaine d'années, à pas trente ans, que je porte ma mort en moi, que je m'apprête, presque chaque jour, à décliner d'un coup, oubliant que la plupart du temps cette maladie et l'altération de la santé qu'elle entraîne sont un progrès lent, une pente douce ; j'ai lutté pour qu'elle ne s'inclinât pas, ou peu, ou seulement très lentement ; j'ai mangé à l'excès, je me suis suralimenté, j'ai grossi, j'ai entretenu ma forme, j'ai pratiqué des sports : je savais qu'avec l'échec du corps et la maigreur, je ne pourrais pas faire que la mort ne vînt pas ;

je m'observe continuellement, je m'inspecte d'un œil méthodique, je m'espionne dans les miroirs ; je redoute d'y croiser la tête de mon cadavre ; je la sens parfois si près d'apparaître, si près de se superposer enfin à mes traits actuels, que je m'y perds, que je ne sais plus voir, à force de l'attendre, si elle est vraiment là, en face de moi, dans le rectangle de la glace, ou s'il s'agit d'une fable, d'une hallucination. D'une projection de mon esprit. Je me surprends, parfois, à regretter que tout ne soit déjà fini. Je me quitte si rarement. Je viens de vivre une décennie bien exténuante : je n'aurais jamais supposé, avant cette épreuve, que tant de longanimité fût possible.

Jeudi 09. Hémoptysie pulmonaire depuis une semaine. Des glaires sanglantes. Des crachats rouges, tous les matins, sur l'émail blanc de mon lavabo.

Sans date. Un midi, dans le hall du centre de pneumologie, à la Pitié-Salpêtrière, à l'accueil, l'équipe entière des infirmières et des médecins est énervée d'activités, on va dans toutes les directions, on se hâte, on se dépêche d'aider, d'orienter ou d'informer, on crie des noms et des renseignements, on claque des portes, on entend très nettement les talons des chaussures qui heurtent bruyamment le sol, on ne fait pas doucement, tout est plein de vitesses. Je croise, dans cette alarme collective, une femme et son fils. Qui ne se disent rien. Qu'elle soutient. Exagérément droite. Impassible. Qu'on pourrait croire indifférente à cette agitation nombreuse. Elle a gardé son calme. Le jeune homme arrive visiblement au stade irréversible de sa maladie ; de la lourdeur ralentit ses gestes, ceux, rares, qu'on dirait mécaniques, appris par cœur, limités dans leur ampleur et leur mobilité, qu'il semble condamné à économiser et qu'on s'étonne qu'il puisse exécuter encore ; la démarche et le corps sont empêtrés dans des difficultés, il se déplace avec parcimonie, chargé d'un poids, apeuré par l'espace alentour, comme un chat l'est par l'eau ou comme on le devient devant un vide ; sa maigreur fait mal également à ceux qui la remarquent, chaque os affleure à l'épiderme, aucun volume ne gonfle plus les plis de ses vêtements, comme s'ils flottaient, débarrassés de leur contenu, sans plus personne à l'intérieur, et qu'ils ne fussent que suspendus à des arêtes, posés sur la structure étroite, le portemanteau insuffisant de ses épaules et de ses clavicules. Le regard de la mère, dont je n'ai pas su clairement débrouiller les raisons, a rencontré le mien qu'elle a soutenu longtemps. Soit qu'elle voulût apprendre si j'avais deviné, si on pouvait comprendre uniquement en voyant ; soit qu'elle m'enviât mes muscles encore pleins, de me tenir si bien, d'être si différent du cadavre vivant qu'était devenu celui dont elle devait sentir qu'il perdait la bataille, dont elle serrait, collée à lui, le flanc, le bras, la main, sans doute afin de contenir une défaillance, de lui communiquer, comme un corps conducteur transmet de la chaleur ou l'électricité, toute la solidité dont elle était capable, se redressant alors, son profil et son dos, comme on pose un étai, un tuteur à un arbre petit, comme on élève un mur, afin de l'assurer, par cette pression des doigts, par ce contact maximal, ce grandissement d'elle-même, sa consolidation, d'une stabilité, d'une présence indéfectible à son côté ; peut-être cherchait-elle aussi à retrouver sur moi l'image et la santé anciennes, disparues de son propre enfant, à se rappeler celui qu'elle était en train de perdre, à m'envisager comme le fils dont elle se souvenait en me considérant ; alors j'ai eu soudainement honte de mon maintien, de ce contrôle que je continuais d'exercer sur moi toujours, de cette puissance où je m'obstinais de ne pas, pour l'instant, ployer sous le fardeau de la fatigue et de la peur.

Elle ne se doutait pas qu'en ce garçon chancelant, à la silhouette réduite aux quelques lignes élémentaires, verticales du squelette, aux joues rentrées, comme aspirées de l'intérieur, vieillies comme un tissu usé, tendu sur quelques pointes, que dans celui qu'elle assistait imperturbablement, je m'étais, je crois, pour la première fois, aperçu vraiment.

J'ai vu de près, ce matin-là, mon futur proche.

Toute la journée qui a suivi, je n'ai pas allumé la radio ni la télévision ; je n'ai pas écouté un seul disque ; j'ai débranché mon téléphone ; j'ai évité famille, amis et voisins ; je n'ai pas voulu parler ni qu'on me parlât.

Vendredi 17. Ceci est le programme de ma journée : bien que je vienne d'apprendre que je suis peut-être atteint d'une tuberculose (cette maladie d'antan, des vieux sanatoriums et des livres de Mann), d'une pneumocystose ou même d'une toxoplasmose, alors que je manque tomber, pris de vertiges, dès que je suis levé et que je me déplace, qu'une fois dans la rue, il semble que mon cerveau n'enregistre qu'un phénomène sur deux, que des bouts incomplets de la vie (la moitié d'une voiture qui roule sur une chaussée, un fragment d'un piéton qui me croise sur un trottoir, etc.), que le monde s'oblitère le reste du temps, j'ai épuisé toutes les heures de mon après-midi, au lieu de m'atteler à l'écriture de mon livre, dans ce pointillé de l'existence où aucune image ne me parvient continûment ni très distinctement, dans cette myopie de la pensée, à courir les Halles où une foule trop nombreuse aggravait l'embarras de chacun de mes gestes, à fureter dans des magasins du Forum à la recherche d'objets hypothétiques, tout à fait accessoires, dont je n'ai vraiment pas l'usage et que probablement je n'achèterai jamais.

Curieusement, depuis une semaine, je m'empresse de rafraîchir ma chambre : je gratte ; j'enduis ; je ponce ; je colle ; je peins. Je range. Je redécore. Je m'aménage un nid, un coin douillet. Sans doute est-ce une façon de me rassurer, de me persuader que je peux encore penser au négligeable, de ne pas croire à l'arrêt prochain de mon devenir, d'y opposer, en soignant mes murs, la bonne santé de ma maison.

Sans date. À l'hôpital, notamment lorsqu'on remplit avec vous, pour lancer le protocole de la didanosine, un formulaire destiné à une commission savante qui jugera de l'opportunité pour votre cas de ce nouveau traitement, votre docteur doit utiliser, au milieu des informations qui concernent votre itinéraire clinique, un code, un système conventionnel par chiffres et par lettres, une espèce d'échéancier qui indique à quel stade de la maladie on estime que vous vous trouvez. Ces repères vous rapprochent ou vous éloignent instantanément de votre décès. Il me restait apparemment une seule étape avant la phase terminale : on se sent, d'un coup, contre un mur, accolé à celui de sa mort. Il y avait également deux cases : il devait préciser, en mettant une croix dans la première ou la seconde, si votre espérance de vie était, selon lui, supérieure ou inférieure à six mois. Je n'ai pas pu ne pas penser à ces patients qui voient leur médecin retenir la notation fatale et puis cocher la mauvaise case.

Sans date. Je continue de passer d'une idée à une

autre idée, d'un événement à un autre événement, sans réussir à les conjoindre dans le temps ; je n'ai pas non plus retrouvé la perception uniforme de mes propres mouvements, lesquels se décomposent toujours en plusieurs phases, indépendantes les unes des autres, dont il semble que je ne puisse les saisir toutes, les unir en une trame cohérente, les enchaîner dans une chronologie, et qu'il ne s'agisse pas d'une même action que j'accomplis à chaque fois que je bouge, comme si mes gestes n'imprimaient ma conscience que par intermittence, ou alors un peu en retard, très légèrement après que je les ai commis, que je fusse en retrait de moi-même, éloigné de mon corps de quelques millimètres, et qu'il me fût devenu difficile de me coïncider parfaitement ; je ne comprends pas bien l'origine ni le but de mes actes, ils sont énigmatiques, j'oublie leur motivation comme on oublie parfois le début d'une question un peu longue qu'un interlocuteur au débit trop rapide vient de finir de vous poser, sans qu'on parvienne à relier les derniers mots qu'on entend aux premiers qu'on n'a pas retenus ; les objets que je touche, bien que j'en sente physiquement le contact contre ma peau, sous mes doigts, paraissent distants de moi d'une distance permanente qui m'empêche, comme de la corne, comme une entrave qu'on ne voit pas, interposée entre leur matière et la mienne, de les appréhender vraiment ; tout reste au bord des sensations directes, proche de l'intellection, à la limite d'être compris immédiatement.

Je vis, en ce moment, sur des lisières.

Lundi 20. Benny Hill, l'acteur comique anglais, est mort. Il y a quelques semaines, Michael Jackson, qui craint tant les virus, lui avait rendu une visite à son chevet, à Londres.

Mardi 21. 13h30. Je suis sur le point de me rendre à l'hôpital. J'ai pris hier les dernières gélules destinées à combattre la pneumonie qui m'a retenu au lit pendant quinze jours. J'attendais avec appréhension la fin de cette antibiothérapie pour savoir si les étourdissements dont je souffre y étaient directement liés. On doit me refaire une radiographie des poumons pour décider si je suis guéri ou si je dois me plier, pour être orienté vers un nouveau traitement, à l'examen ahurissant de la fibroscopie que j'ai refusée, la semaine dernière, à plusieurs reprises (me souvenant du traumatisme des deux premières qu'on m'avait imposées, il y a déjà quelques années, et auxquelles, dans le mouvement des premiers bilans, je n'avais pas encore appris, en résistant à l'avis des docteurs, à m'opposer catégoriquement), encore rebelle à toute intervention, me privant cette fois-ci, à coup sûr, selon mon pneumologue, si je continuais à m'entêter, du seul moyen vraiment fiable de connaître le germe ou le parasite qui encombre mes bronches et les a fait saigner.

17h00. De retour de l'hôpital. Image pulmonaire redevenue normale. Et puis rien au cerveau d'après les clichés du scanner. En fixant mon médecin tout droit dans les yeux pour bien lire son regard, je lui ai demandé tout à l'heure si on pouvait considérer maintenant, après la pneumopathie que je venais de faire, que j'étais parvenu à ce stade que l'on dit déclaré du sida. Il m'a répondu que non. Le corps médical estimait qu'on y est uniquement arrivé quand le malade développe une affection peu susceptible de toucher ceux dont l'immunité n'est pas déficitaire. Il me l'explique calmement ; je me sens moins malade ; j'oublie les protocoles, l'AZT, la didanosine, les investigations en tous genres, les prélèvements sanguins attestant, quantifiant une lymphopénie alarmante, sans doute irréversible, et fatale chez tant d'autres. J'ai bien pensé qu'il me mentait, alors j'ai insisté, j'ai ajouté s'il prétendait, en jouant sur les mots, m'épargner un aveu difficile à entendre, s'il s'agissait d'une élégance, d'une précaution ou d'une astuce visant à ménager la susceptibilité de son patient. Il me répète que non.

Je crois que je m'amuse parfois à vouloir qu'il en rajoute, qu'il me dise des horreurs ; je joue avec lui à ce petit jeu qui consiste à le disposer, à le forcer, devant moi, à empirer mon cas.

Mes vertiges peuvent résulter de l'absorption de la didanosine. Il faut donc attendre un peu, 48 heures environ, pour se prononcer, que l'empoisonnement, possiblement causé par les antibiotiques dont je viens de cesser la prise, se soit résorbé.

Vendredi 24. Je tourne toujours un peu. Par ailleurs, le même point minuscule, la même petite brûlure, impeccablement circonscrite, identifiable, lentement erratique, depuis des jours, sans interruption, à l'estomac.

Minuit et demi. Je viens de boire ma dose de ddI ; à peine un quart d'heure plus tard, je recommence sérieusement de perdre tous mes repères, je n'arrive plus à me piloter convenablement dans l'espace pourtant réduit de ma chambre où rien n'est plus stable, où tout bascule, où les objets ne sont plus à leur place et se dérobent aux sens, les meubles, les choses concrètes se meuvent bizarrement, le monde est mou, je ne retiens plus rien, mon esprit dérape sur presque tout : je me méfie de la réalité ;

ou plutôt ma tête s'alourdit d'une fatigue, d'un poids nouveaux qui semblent vouloir l'incliner anarchiquement, à tous moments, dans une direction, ou dans une autre, et alors je ne réussis plus à la tenir dans l'axe des vertèbres, comme si on les avait débarrassées de la minerve invisible qui m'aurait jusqu'ici aidé à les maintenir parfaitement verticales.

Sans date. Chaque fois qu'elle m'appelle au téléphone, après m'avoir demandé si je me nourris correctement, me conseillant souvent tel aliment, me recommandant tel autre, me vantant les mérites nutritifs et caloriques de chacun, ma mère s'enquiert si je me rends toujours aussi ponctuellement au sport : elle doit sentir qu'il s'agit là, pour moi, dans l'exercice régulier du corps, d'une parade au désespoir et au déclin.

Sans date. Je cherchais, depuis un certain temps, un produit à garder constamment près de moi qui réunît les trois propriétés suivantes : une vertu narcotique, pour endormir, des qualités analgésiques, destinées à lever la douleur, et un dernier principe, nécrogène celui-là, pour que je meure.

Gareth me rassure ce matin en me laissant comprendre, parmi des phrases, dans le fouillis des insinuations, qu'un ami chirurgien, interne des hôpitaux de Paris, accepterait, le jour où j'aurai tranché que tout est décidément trop intolérable (la déchéance, un corps osseux, la longue attente de ma mort annoncée), le jour où je ne me supporterai plus (ni en marchant, ni au repos, ni dans les glaces), où je ne souffrirai plus qu'on voie où la maladie m'aura entraîné, quand elle aura tout écroulé en moi, la chair et le moral, et que bouger un peu, mouvoir un bras, prendre un objet léger sera, à chaque fois, une épreuve, que cet ami accepterait de me fournir, pour que j'échappe à ce massacre de moi-même, la petite chimie qui arrêtera tout.

Sans date. Toujours, ou presque, le même scénario : au sport, dans la rue, dans le métro, je croise un garçon qui me plaît. À qui je plais. Je le laisse m'aborder. Il me propose de le suivre vers un peu plus d'anonymat, une porte cochère, la discrétion d'une petite impasse, de sa voiture, d'une cabine ou d'une douche dans un sauna, parfois un endroit plus intime, son studio, une chambre, un lit. Je me dérobe. J'invente subitement tout un emploi du temps. J'annonce un faux prénom. Je ne donne pas le numéro de mon téléphone. J'énumère des raisons. J'évoque une petite amie, je parle d'un copain ou d'un amant jaloux, d'une famille encombrante et curieuse, de ces difficultés qu'on aurait à me joindre, d'horaires variables et astreignants. Nous nous quittons, non sans que j'aie eu le temps, après qu'on s'est risqué pour moi à des regards et à des confidences, et qu'on s'est approché, parmi la foule, pour parler bas à mon oreille, des lèvres inconnues près de ma joue, de désirer toucher, de me sentir enclin, prêt aux caresses et aux baisers.

Je rentre chez moi. Je me souviens des voix, des formes et des visages. Je me masturbe.

Mardi 28. Je me rappelle Paris septembre 87 ma première confrontation directe, traumatisante, avec la maladie d'un autre : au mariage de Théodore, sous l'éclat qui tombait des lustres, sous les plafonds hauts d'un salon doré, au Sénat, où étaient reçus les invités après la cérémonie de l'église, un petit groupe composé pour la plupart d'amis homosexuels, et pour certains, d'anciens amants du jeune marié, l'entoure, rit avec lui, le plaisante gentiment, construit, pour l'amuser, le scénario de sa vie conjugale, pose les jalons de son avenir avec sa femme, projette des anecdotes, imagine des bonheurs, suppose des aléas, l'un d'entre eux demande, *Où seras-tu dans dix ans ? Où serons-nous ? Combien d'enfants auras-tu ? Que serons-nous devenus ?*, prenant déjà la date et le pari d'un rendez-vous où tous se retrouveraient pour comparer leurs expériences ; alors soudain, mon voisin, assis comme moi légèrement à l'écart du petit cercle bavard, dirige vers moi, dans la rumeur des phrases et le tintement des verres, sans desserrer les dents, en s'inclinant à peine, une petite voix, faible mais précise, quelques mots soufflés assez clairement, prononcés suffisamment près de moi pour que je ne pusse ignorer, puisque personne n'occupait aucune des chaises installées autour de nous, qu'ils m'étaient personnellement adressés, ni croire qu'il s'agissait d'une réflexion que j'aurais involontairement surprise, qui ne m'était pas en fait destinée et que j'aurais pu feindre n'avoir pas entendue, lui me disant, me glissant dans l'oreille, comme un secret qu'on réserve à un seul en le lui chuchotant pour le cacher à d'autres, me privant ainsi de la liberté d'être sourd, *Et moi, je serai mort !*

Un mur s'est instantanément solidifié entre nous, je ne répondais rien, stupéfait qu'on osât se livrer ainsi à quelqu'un qu'on connaissait à peine, basculant un instant avec lui dans son drame, remarquant subitement ses joues creuses et la saillie des os sous ses vêtements, empêché par la surprise d'aucune parole ni d'aucun réconfort ; j'hésite à lui parler de moi, à évoquer mon propre cas, à créer une solidarité, une connivence du malheur, pour le débarrasser d'un poids ou pour gommer un peu sa solitude ; j'ai choisi de me taire, cherchant rapidement autour de lui, dans la salle, un point matériel où agripper mon regard pour éviter d'aboutir au sien, me levant finalement, stupide et muet, le laissant pour rejoindre, devant nous, un peu plus loin, la petite bande qui se divertissait.

De retour chez moi, j'ai reconnu qu'un jour, lequel, vraisemblablement, n'était pas très distant de mon présent, je serais, moi aussi, astreint peut-être à cette manière d'aveu et de provocation.

Stéphane, ce garçon qui m'avait choisi pour confident d'un soir, ne s'était pas trompé qui décédait l'année suivante, en 88.

Mercredi 29. Je me suis promené tôt ce matin, après ma prise de sang (bimensuelle depuis qu'on m'a passé sous ddI), aux abords du Muséum d'histoire naturelle, dans le Jardin des Plantes voisin de l'hôpital, au milieu des tulipes et des lilas, en attendant l'heure de ma consultation au centre d'ophtalmologie, pour mon premier fond d'œil. J'arrive à la statue de Buffon : des déjections d'oiseaux faisaient des coulures épaisses sur son visage en bronze, aveuglant les orbites ; la fiente avait mis, le long des joues, des larmes blanches et verticales, depuis les yeux jusqu'à la bouche.

En remontant la pente du boulevard, après mon petit tour, je me suis récité ces vers de Baudelaire :

Que pourrais-je répondre à cette âme pieuse,
Voyant tomber des pleurs de sa paupière creuse ?

Quelques heures plus tard, il m'a semblé croiser (mais ma myopie m'a empêché d'en être vraiment sûr), qui entrait là, dans le service d'où je sortais, quelqu'un que j'ai connu voilà plusieurs années, un Suédois je crois, tout débraillé, la gorge offerte à tous les vents, portant un blouson large, ouvert sur un unique tee-shirt sous lequel affleuraient vaillamment les reliefs de son torse quand j'étais moi emmitouflé, malgré le temps clément, derrière le double tour de mon écharpe et les niveaux accumulés de mes vêtements.

Nous n'avons pas douté, chacun de son côté, des raisons pour lesquelles nous nous trouvions tous les deux ici, mais je n'ai pas senti la peur comprimer ma poitrine, comme il se passe toujours, à l'hôpital, si je pense reconnaître quelqu'un ou qu'on m'identifie.

Le nom du médecin qui a ausculté mes yeux contient, parmi les autres, une syllabe, rigoureusement orthographiée, qui est un mot : *mort.*

Quand l'ophtalmologue éclaire la cavité de votre œil et qu'il demande, pour établir son diagnostic, en dirigeant à l'intérieur un faisceau lumineux, de regarder vers le haut puis vers le bas, à droite puis à gauche, le réseau des artères et des veines que vous apercevez dans l'éblouissement de la rétine, par une espèce d'effet de miroir, de ricochet visuel, ressemble à celui, esthétique et précis, des nervures d'une feuille.

Un rectangle jaune, mobile, dont on modifie la brillance, la hauteur et la largeur, a bougé devant moi.

11h45. Dans l'attente de l'examen proprement dit, car il faut patienter un peu que des produits agissent, vous sentez réellement, après qu'on vous les a anesthésiés, que vos yeux sont des globes, des sphères, des planètes lentes qui roulent ;

on les a préparés, pour optimaliser l'exploration, à l'aide de deux séries de gouttes, la première, piquante, qui doit insensibiliser, la seconde, indolore, qui dilate la pupille : on veut ouvrir un Sésame, on élargit, on creuse le trou par où on cherchera dans quelques minutes la trace des infections qui rendent aveugle.

Presque en face de moi, légèrement sur ma gauche, dans le hall commun, pendant la dilatation de mes yeux, tournée parfois dans ma direction, s'efforçant comme la mienne de ne pas céder trop ostensiblement à la tentation de dévisager, une tête déjà aperçue quelque part. Où ça ?

Dès que je suis retourné dans la salle des auscultations, des instruments optiques et des engins bizarres, qui est longue et haute comme une galerie, noire comme une antichambre et secrète comme un boudoir, où on murmure des mystères comme dans une église, où des docteurs en blouse blanche se penchent cérémonieusement sur leurs hôtes, comme des curés sur leurs paroissiens pendant l'eucharistie ou pour l'absolution, l'ophtalmologue qui porte la mort en son nom me dit que je suis le premier patient traité à la ddI qu'il examine. Savoir que j'inaugurais pour lui une liste ne m'a pas franchement aidé.

Il m'interroge sur les raisons pour lesquelles j'ai interrompu l'AZT, me propose aimablement d'en parler, il donne du velours à sa voix, calme ses mots, les pacifie, comme on le fait parfois pour un enfant, pour un vieillard ou pour un fou qu'on craindrait d'effrayer, multiplie les précautions verbales pour me préserver de quelque chose, va consciencieusement se renseigner, pour des explications supplémentaires, auprès d'un collègue apparemment plus compétent, plus au courant de ma pathologie et de ses avatars, tous deux me questionnant soudain, monstrueusement attentifs, courbés sur moi, obliques, comme on recueille une confession, comme on écoute certaines informations coupables ou très confidentielles, l'oreille offerte, l'œil agrandi par l'attention, me parlant de moins en moins fort, marmonnant, oubliant que dans une pièce où d'autres se trouvent, les susurrements sont aussi peu discrets qu'une conversation qu'on poursuit normalement, que s'ils permettent parfois qu'on n'entende pas, ils avertissent aussi qu'on veut dissimuler, et qu'on peut mesurer tout le poids des propos qu'on tient à l'aune du diminuendo, à l'aune de ces voix qu'on a gardées baissées ;

j'avais l'air d'en savoir bien plus qu'eux, on m'a dit à la fin, pour me rassurer, après m'avoir annoncé qu'on ne décelait rien à l'issue de cette première investigation, que je devrais pourtant renouveler cet examen ophtalmique tous les trois mois, *Tant que vous aurez ce problème,* faisant allusion à ma contamination, me faisant curieusement miroiter l'espoir qu'elle pourrait disparaître un jour.

En sortant dans la rue, la clarté du jour saturait

ma vue ; elle mettait autour des immeubles, des voitures et des passants, un brouillard éclatant. Mes rétines absorbaient un surplus de lumière comme la chambre noire d'un appareil photographique dont le diaphragme très ouvert laisse pénétrer une quantité exagérée de ces rayons qui brûlent le négatif. Le monde était surexposé. J'ai bien aimé cette hypersensibilité de l'œil, c'était nouveau, j'avais des yeux délicats, comme ma mère le dit souvent des siens, qu'elle plisse dès une embellie. Et qui sont bleus.

Plus tard, je me suis à mon tour incliné sur moi, devant un miroir : on voyait deux disques sans regard que perçait un grand vide ; l'iris, à cause de l'aperture maximale de la pupille, était presque entièrement rétracté ; restait une mince circonférence, un fil circulaire sans épaisseur et sans couleur. Des yeux d'aveugle.

Je me suis demandé, pendant ma petite promenade matinale, en humant le printemps, dans la tiédeur de l'air rempli de nouveaux parfums, devant l'arrangement des parterres fleuris, s'il existait un jour, un moment de l'année, une saison idéale pour un décès. J'ai imaginé la météorologie de mon dernier soupir. J'ai écarté l'hiver et ses frimas, et puis le véritable automne, ses pluies mauvaises et ses ciels gris, affolés de nuages, pleins de désordres et de rafales : je crains que la mort ne corresponde alors à son cliché, à son pathos conventionnel ; si l'été, il faudrait éviter les fortes chaleurs, les temps trop lourds, chargés d'humidité, poisseux de certains aoûts ; en revanche un ciel parfait, impeccable, pur et très haut, un bleu limpide et profond, un azur transparent ferait une mort paradoxale, aride, sèche, la mort, sous le soleil, presque abstraite, métaphysique, des tragédies grecques ; mais je crois, si je pouvais vraiment décider de mon heure, que j'aimerais mieux une saison intermédiaire, ni trop pluvieuse, ni trop glaciale, ni trop tempétueuse, une simple éclaircie, une journée douce, légère, qu'on traverse sans la remarquer, près de n'être pas perçue, apesante, comme je voudrais que soit mon départ. Pianissimo.

Et puis je pense surtout à ceux de mon entourage qui devront se charger des démarches nécessairement pénibles, suivre le transport et la crémation de ma dépouille, post mortem meam.

Pourvu que je meure en mai ou en septembre !

Jeudi 30. J'avais préparé, depuis la maison, dans le bus qui me conduisait au Théâtre des Champs-Élysées, comme un assaut qu'on machine à l'avance, une réponse stratégique au reproche que Piotr, un ami journaliste, m'avait fait, la première fois qu'il m'avait invité, d'être venu au concert en tennis écouter une *Passion* de Bach qu'on jouait pour les Pâques, tiré de son côté à quatre épingles, s'emportant exagérément, invoquant Dieu sait quel spécieux respect des concertistes, brusquement perclus de conventions, et que j'appréhendais qu'il réitérât en baissant les yeux une seconde fois en direction de mes pieds que je n'avais toujours pas chaussés, en me rendant à cet autre rendez-vous avec lui pour entendre une symphonie de Mahler, indifférent à son injonction, y désobéissant, des chaussures adéquates qu'il avait semblé impossible que je ne misse pas si j'envisageais un jour de l'accompagner à nouveau ; dans sa hâte d'aller retirer nos deux réservations à un guichet, parce qu'il était arrivé très en retard, Piotr a oublié d'obliquer son regard. J'avais prévu, comme un idiot, de rétorquer illico, au moindre grief, que la qualité d'une écoute ne dépend évidemment pas de la nature de ce qu'on porte aux pieds lorsqu'on va au spectacle. Je n'en ai pas eu l'occasion. Je suis resté un peu bête avec ma petite réplique qui m'avait occupé longtemps. À vrai dire, toute une partie de l'après-midi.

L'impression vague, désagréable, que je perds du temps. Lequel ?

J'ai fumé du haschisch. Pendant que je patientais sur les marches, à l'entrée, avant que Piotr n'arrivât, dans le hall, toujours la même faune composée d'homosexuels mélomanes et délicats, de musicologues au cheveu gras et à la peau luisante, et de bourgeoises embijoutées, permanentées, bruyantes et en chapeau ; j'ai eu du mal à m'abstraire de moi-même pendant les deux premiers mouvements pour adhérer vraiment aux rythmes et aux harmonies, j'ai pensé à moi, à des phrases que j'inventais et qu'il fallait que je retinsse, j'ai emprunté un stylo à mon voisin, j'ai consigné des mots sur un bout de papier, c'est seulement quand la musique devenait puissante, enfin plus forte que mes pensées et mes notes intérieures, qu'elle réussissait à m'éliminer de ma conscience ; vus de profil, sur le côté droit de la scène, avec le gros abdomen bien lustré de la caisse et la patte mobile de leur archet, les violoncellistes, soudés à leur instrument, étaient des insectes géants, le chef est minuscule, il sautille sur son cube, il flotte dans son habit, il semble vouloir compenser par l'énergie et les mouvements géants de sa baguette les déficiences de sa taille, à gauche, un violoniste aux cuisses musculeuses dont le volume tire la toile du pantalon, une mezzo-soprano, pour sa première intervention, après être restée assise un long moment, s'est levée si lentement et si régulièrement de son siège, son buste émergeant graduellement de derrière les violonistes placés devant elle, qu'on aurait pu penser qu'elle ne cesserait jamais de grandir, comme posée sur un élévateur dont on n'aurait pas retrouvé la manette qui commande l'arrêt, j'ai vu des formes et des couleurs, les cuivres, dans la lumière des projecteurs, émettaient des éclairs, ils accrochaient des éclats furtifs, les concerts ont ceci d'idéal qu'on peut toujours dormir quand on s'ennuie ou qu'on est fatigué : on croit que vous avez abaissé vos paupières pour écouter religieusement, parfois, avec ses degrés, ses acmés, ses montées et ses descentes, ses lenteurs et ses vitesses, ses retours et ses nouveautés, ses virgules, ses pauses et ses reprises, ses fouillis et ses précisions, ses voix uniques et ses mélanges, ses extensions et ses rétrécissements, ses détours et ses lignes droites, ses ralentissements et puis ses accélérations, la musique elle-même écrit un texte, devient un flux mental. Ressemble à ma rêverie.

Mai. Vendredi 1er. Je voulais, cette nuit, me rendre dans certain bar de la rue Jacob, sur la rive gauche, entre la Seine et Saint-Germain, dans le VIe arrondissement. En arrivant, j'aurais donné mon vestiaire au barman, j'aurais monté l'escalier à droite, des garçons en tee-shirt ou torse nu auraient été accoudés à la balustrade ; ils auraient, à l'étage, déambulé dans des couloirs ; on aurait attendu dans des cases ; dans des recoins sombres, là où des cloisons compartimentent l'espace, j'aurais peut-être laissé un homme s'avancer, il m'aurait touché, j'aurais refusé qu'il m'embrasse, de le sucer ou qu'il m'encule, mais j'aurais recherché son étreinte et les mains qu'il aurait passées sur ma peau, sous mes habits, doucement, méthodiquement, auraient été un long oubli, une amnésie, l'effacement passager de tout ce qui m'appesantit depuis des semaines ; il aurait, dans l'obscurité, refermé autour de mes épaules et de mon torse, la clôture, la double parenthèse de ses bras. Nous nous serions caressés longtemps. Jusqu'à épuisement de la sensation.

À 4 heures du matin, le bar aurait fermé. Je serais rentré seul, rapidement.

Mercredi 06. Ce soir, Gareth avait invité à dîner chez lui, dans sa chambre voisine de la mienne, de vieux amis qu'il n'avait pas revus depuis plusieurs mois : chacun se racontait, qui son métier, qui ses amours ; ce qui surprenait surtout, c'est quand ils évoquaient leurs envies, leur avenir immédiat ou lointain : ils en parlaient comme de données irréfutables, de points déjà acquis, presque présents pour eux. J'ai ressenti alors de la pitié à mon égard en pensant à ces perspectives qui me manquaient, à cette limitation de mon futur, et qu'à mon âge ma vie était déjà constituée de plus de souvenirs que de projets. J'ai quitté le premier, avant tout le monde, prématurément, à 23 heures, la petite société confiante en prétextant un travail à finir, la fatigue ou un réveil matinal, je ne me rappelle plus bien.

Vendredi 08. Ma mère pleure-t-elle quand elle songe à moi ? Sait-elle, Mater dolorosa, comme je le sais, que je mourrai bientôt ?

Sans date. Un jour, j'écrirai certainement (sur un petit morceau de papier ? sur un feuillet de mon journal à paraître ? pour moi-même ? pour les autres ?) : *Ai eu mal au ventre (à la tête, ou ailleurs, dans tout le corps), toute la journée (ou toute la nuit). Ai essayé, dans mon lit, différentes positions pour que la douleur passât. En vain.* Ou encore : *Me sentir indisposé, souffrir physiquement me sont devenus un état permanent.* Je le sais. Je n'arrive toujours pas à y croire totalement.

Samedi 09. J'ai, depuis hier, l'intuition d'une imminence, que quelque chose dont j'ai senti grandir en moi le processus a commencé d'évoluer, semble se préparer, s'apprête à s'aggraver, va se précipiter sûrement ; si cette appréhension nouvelle qui envahit au fil des heures reste floue, imprécise (j'en ignore l'origine et l'issue), elle est aussi très franche, bien nette : j'ai la conviction d'un événement prochain ; je sais qu'une aventure va se défaire ou se nouer, je suis comme au début ou à la conclusion d'un phénomène, au bord d'une découverte, à la frontière d'un grand changement, je crois que je devine une métamorphose comme certaines bêtes, qu'on dit qui sont dotées d'un sens supplémentaire qui les informe par avance et que nous n'avons pas, ont la prescience des catastrophes.

Je suis un animal.

Lundi 11. J'ai recouvré, un peu comme on recouvre un sens qu'on avait perdu, sans avoir pensé qu'il pourrait jamais encombrer de nouveau mes nuits, réapparu sans signe, sans qu'il eût averti, récidivant à mon insu, longtemps après l'avoir accompli pour la dernière fois, un geste mécanique de mon enfance et mon adolescence, une gesticulation que je n'avais plus réitérée depuis dix ans, étonné de ce retour malgré les années, qu'elle fût ainsi restée inscrite en moi, conservée telle quelle, comme un réflexe qu'on n'est pas obligé de renouveler souvent pour en garder la trace physique, mais seulement endormie, en fait intacte, immodifiée, prête à renaître, subitement restaurée, sortie d'avant : quand j'étais plus jeune, pour réussir à m'endormir, n'y parvenant jamais totalement ni très rapidement sans m'être auparavant astreint, un certain temps, juste avant l'étourdissement recherché, à ce rituel du corps, j'avais besoin du secours de cette manie soûlante, que j'ai maintenue assez tard dans ma vie, jusqu'aux abords de mes vingt ans peut-être, m'en défaisant finalement très vite, dès l'époque, si on y réfléchit, de mes premières expériences sexuelles, soit qu'elle fût devenue inutile, participant inconsciemment pour moi des années impubères, soit que je l'exclusse plus ou moins volontairement, craignant sans doute le ridicule, après que ma mère m'avait tant de fois répété, pour me moquer un peu, que c'était là le signe de quelque immaturité tardive, non encore réglée, persistante, et que deviendrait comiquement embarrassante, lorsque je devrais dormir auprès d'une amoureuse, cette contorsion que j'avais inventée pour hâter l'heure du rêve, pour qu'elle me conduisît plus sûrement au sommeil, de tourner violemment ma tête sur l'oreiller, parfois pendant plus d'une heure, et d'entraîner, avec la nuque, la poitrine et le dos, latéralement, de gauche à droite ; effrayant plus d'une fois cousins ou amis invités à la maison, qui partageaient, à cause du manque de place, ou ma chambre, ou mon lit, et qui sursautaient, réveillés et vaguement inquiets, ne sachant pas s'il s'agissait d'une maladie ou du début de la folie, quand je commençais, dès l'extinction des lumières, de m'y abandonner, ou que j'en reprenais l'exécution, au beau milieu de la nuit, après m'être provisoirement assoupi, et qu'elle était ressuscitée comme un frisson revient, comme les oscillations d'une eau refont des vagues auxquelles on ne s'attendait plus, qu'on avait mues d'une main et puis qu'on avait crues calmées ; suscitant, le lendemain, parmi mon entourage, tantôt la plaisanterie, tantôt le scepticisme devant les céphalées que cette monomanie nocturne semblait n'occasionner jamais chez moi malgré sa durée quelquefois ; j'allais même certains soirs, avant le coucher, afin de ne pas trop gêner mon petit frère qui dormait dans la même pièce que moi, jusqu'à lier d'un solide cordon nos deux lits disposés côte à côte, pour éviter qu'on entendît leurs pieds et leurs montants en bois s'entrechoquer trop fort dans le silence et dans l'obscurité de la maison ; j'ai, depuis quelques semaines, approximativement depuis le début de la rédaction de mon livre, depuis que je pressens que quelque chose s'aggrave sûrement en moi, que je me laisse plus docilement gagner par l'idée de ma fin, depuis que ma santé s'altère durablement, que mon espoir de vivre encore longtemps est aujourd'hui partiellement dissous, qu'un processus s'est enfin enclenché que je crois qu'il va m'être difficile maintenant d'inverser, j'ai reproduit, sans décider sa renaissance, sans arriver à en contrecarrer l'apparition, récupéré dès que je suis couché, ce vieux mouvement hypnotique de la tête qui emporte le haut du corps, cette rotation interminable, cette bascule entière du buste et des épaules. Enfant, j'aimais cette impression de tourbillon, de chavirement et de roulis ; j'aimais que le moment de mon endormissement fût pareil à une roue, à un manège, à une spirale ; il me semblait que je tombais, dans le même temps que je tournais, aspiré dans une chute infinie.

Sans date. Ce matin, le nez sur un miroir, rivé à

mon reflet, j'ai imaginé mon visage déformé par la maigreur. J'ai bien vite repéré les points saillants à venir, les endroits où s'effectueraient les déficits, où les méplats se creuseraient, où la peau se rétracterait pour coller à l'os : tout autour de l'arcade sourcilière, et puis aux tempes, mais surtout sous les pommettes, aux joues, entre les maxillaires, contre les dents.

Mardi 19. On sait médicalement que le sida, que la dépression de l'immunité qui le singularise, après l'intrusion dans le sang du virus VIH, peut générer des infections et des pathologies réservées jusqu'alors uniquement au grand âge ; permet, entre autres, à des germes, des parasites ou à des champignons, de réaliser d'avance, d'anticiper très tôt sur le corps des jeunes gens le travail corrupteur qu'ils n'entreprennent d'ordinaire que sur celui des vieillards, des grabataires de longue date, des moribonds, des presque macchabées. Le sida est une maladie de séniles, de cadavres imminents qui peut frapper celui qui a vingt ans. *Death in life.* Dire en conséquence, avec d'autres, qu'ici la mort empiète prématurément sur la vie, la sénescence sur la santé, que la jeunesse est remplacée rapidement par une vieillesse précoce, ne relève pas d'une métaphore, de la littérature, ni d'un phantasme.

Cela commence doucement, vous bougez une main pour vous gratter, sans d'abord penser le geste que vous accomplissez pour soulager une piqûre infinitésimale à l'oreille, à la joue ou ailleurs, pas même la pointe d'une aiguille, alors, à mesure que ce premier piquant résiste, survit, comme s'il grandissait de leur action, aux frottements de vos doigts, apparaissent d'autres zones irritatives, d'autres épines dont vous avez soudainement conscience, éparpillées çà et là, puis trop nombreuses pour que l'effort de vos deux mains y suffise, tous poinçons qui finissent par coloniser la totalité de l'épiderme, il semble que ces démangeaisons aient attendu qu'on y porte remède pour se multiplier, s'épandre bien au-delà des premiers picotements, vous ne savez plus où donner des ongles qui laissent votre peau pigmentée des innombrables points de sang, semblables à des angiomes, qu'ils ont attirés à sa surface, et vous vous résignez, pris dans cet intolérable barbelé cutané, effrayé de cette poussée, de cette araignée, de cette fourmi géante, de ce prurit généralisé, craignant qu'il dure toujours, qu'il ne s'accroisse encore des soins nouveaux que vous pourriez vous prodiguer pour vous en dépêtrer, à ne plus vous toucher du tout malgré l'appel du corps, il y a quelques minutes où tout réclame une aide que vous n'accordez plus, vous avez eu raison, vous tentez d'arrimer votre pensée ailleurs, de vous concentrer sur un livre, vous vous levez, vous marchez un peu, vous ouvrez la fenêtre, vous vous aérez, vous écoutez un disque, vous regardez la télévision, vous avez peut-être décidé de vous glisser sous le jet d'une douche, de vous laver, de vous rincer, vous vous oubliez, vous vous perdez de vue, votre tourment, les différents foyers s'éteignant peu à peu, à mesure qu'on s'obstine à ne plus y prêter cette dangereuse attention qui les avait allumés.

Un dermatologue diagnostiquera un jour, au front, au thorax et au dos, une innocente dermite séborrhéique.

Sans date. Malgré le réconfort que ces marques d'amour ne manqueront pas de m'apporter sûrement plus tard, lorsque je souffrirai trop physiquement pour nier l'évidence que je vais mal, et quoique j'en eusse probablement beaucoup été meurtri si on ne me les avait pas déjà maintes fois manifestées, je n'arrive qu'épisodiquement aujourd'hui à trouver de la douceur à ces lettres et à ces coups de téléphone à l'obligation desquels ma mère semble avoir désormais résolu de se soumettre régulièrement pendant la semaine, quasiment un jour sur deux, parfois quotidiennement ; malgré les efforts que je devine qu'elle fait, de l'autre côté de l'appareil, pour ne pas alourdir la conversation, pour s'enquérir de mon état sans me questionner franchement, osant à peine m'interroger, tentant de s'informer quand même, mais seulement du bout des lèvres, timidement devant mes agacements, tendre et accommodante, présente et protectrice comme dans mon enfance, je suis récalcitrant à donner des réponses, je ne peux pas me départir d'une voix monocorde, d'un ton indifférent et plat, je dois mal supporter, depuis mon aveu du Premier Janvier, que ces appels me ramènent à la réalité objective de ma maladie quand j'ai précisément œuvré à son oubli les heures qui ont précédé ces communications ; alors, s'occuper de ma santé, quand je ne me sens pas diminué ni près de ma fin, m'apparaît comme une aberration, une rumeur, un grand bruit sans fondement, une connivence injustifiée. Une méprise inadmissible.

Je raccroche rapidement.

Sans date. Gareth, un ami anglais, et mon voisin de palier depuis bientôt cinq mois, à qui il m'est arrivé ces derniers temps de ne pas épargner le détail de mes souffrances physiques ou morales, rarement, mais peut-être toujours un peu cruellement ou trop minutieusement, vient de rentrer ; comme régulièrement depuis quelques semaines, il s'efforce, volontairement précautionneux, de l'autre côté du corridor (hier pour ne pas déranger mon repos, aujourd'hui pour se cacher de moi), de marcher sur la pointe des pieds, de ne pas trop appuyer la semelle de ses chaussures sur les lattes sonores du parquet, puis de réduire le bruit des deux clefs qu'il tourne dans les serrures pour ouvrir sa porte ; il ne me rend plus spontanément les petites visites souriantes qu'il a semblé qu'il prît plaisir à me faire naguère dans ma chambre ; alors ces pas feutrés destinés à ne pas faire craquer le revêtement en bois du couloir, cette discrétion nouvelle du retour pour que je ne détecte pas sa présence à l'étage, tous ces petits égards qu'il ne me réserve plus (se sentant sans doute un peu las de mon histoire, désarmé, s'estimant peut-être incapable de plus d'application à mon endroit, inefficace, impuissant à m'aider correctement), et qui étaient du miel pour moi, sont une démission bien compréhensible mais douloureuse.

Sans date. Certain week-end que je séjournais dans l'appartement de sa mère, et que je m'étais subrepticement isolé, un matin, profitant de l'absence, au premier niveau, de tous ses occupants habituels et gênants, pour me verser, à l'évier, en catimini, expédiant mes gestes, le verre d'eau nécessaire, Olivier, vraisemblablement après l'une de nos disputes qui devenaient quotidiennes à l'époque, remonté, sans que je m'en fusse d'abord aperçu, du sous-sol du duplex, surgi, de la béance d'une porte que j'avais pourtant prudemment poussée, dans l'encadrement des huisseries, pour se rendre dans la cuisine où je me trouvais, penché au robinet et déjà prêt à boire, lui, m'avisant l'œil en coin, de l'air exaspéré d'un parent devant son enfant qu'il soupçonne de recommencer une bêtise qu'on lui a pourtant interdite peu auparavant, me dit, semblant me reprocher quelque chose, la voix brève, *Qu'est-ce que tu fabriques encore ?*, je réponds, agacé de ce ton, et plus encore certainement du don d'ubiquité dont j'étais trop enclin à douer, depuis le début de ma chimiothérapie, tous ceux dont j'appréhendais qu'ils ne surprissent cette activité (car j'essayais qu'elle demeurât toujours secrète, de la tenir à l'abri des regards), tout ce manège des soins, les différents traitements que je m'administrais, irrité d'avoir à me justifier, d'être découvert quand j'avais tout fait pour ne pas l'être, après toutes les précautions dont j'avais espéré entourer ce geste clandestin, je réponds, en exhibant, le bras tendu, tenues droites et serrées entre le pouce et l'index, deux petites capsules blanches et bleues, remplies chacune des 250 milligrammes de la célèbre poudre antirétrovirale qu'il fallait que je prisse quatre fois par jour, j'ai répondu, vaincu par la présence d'un importun à mes côtés, accompagnant les paroles que je lui adressais, et le mouvement de lui montrer de celui d'ingérer, *J'avale mes petites gélules contre la mort !*

Vendredi 22. Théodore, que je n'avais pas eu au téléphone depuis peut-être un an, vient de m'informer du décès de Jean-François B., mort aujourd'hui à l'hôpital ; Théodore prenait sur lui (à quel titre ?) de prévenir tous ceux qui avaient connu le défunt de près ou de loin ; l'ayant rencontré à peine deux ou trois fois, je ne réussissais pas pendant qu'on me parlait, à retrouver une silhouette, à me remémorer les traits du disparu, à coller une image sur le nom qu'on m'annonçait ; un court instant, j'ai cru même qu'il s'agissait de quelqu'un que j'avais fréquenté davantage, j'avais peur qu'un visage familier ou ami, plus proche de moi, indispensable, ne surgît brusquement à ma pensée.

Puis je me suis inquiété de mon cas, j'ai essayé, insidieusement, d'en savoir un peu plus, d'en apprendre sur moi en comparant, sans qu'il y parût, ma propre histoire avec la sienne ; s'il était soigné depuis longtemps, quels protocoles il avait suivis, s'il avait semblé marqué ces dernières semaines, mais je n'ai pas osé pousser plus avant mon interrogatoire de crainte que mes questions ne fussent indiscrètes ou suspectes. Étrangement précises. Techniques. Théodore m'a seulement rapporté que ce garçon allait encore très bien tous ces jours ; il m'a laissé entendre, pour conclure, que rien apparemment n'expliquait pour ses proches qu'il fût parti si vite.

J'aurais voulu qu'on m'en dît davantage : avait-il développé auparavant plusieurs infections opportunistes ? Avait-il été hospitalisé de nombreuses fois ? À quel moment de son itinéraire clinique sa mort intervenait-elle ? Avait-il été touché par la maigreur ? Était-il parvenu déjà au stade visible de la maladie ? Pouvait-elle faire mourir sans qu'on passât d'abord par ce moment, par cette étape spectaculaire du décharnement, étape au seuil de laquelle j'ai l'impression parfois que je me trouve ? sans vous avoir avant détruit totalement le physique (un long temps et profondément) ? sans avoir écroulé l'apparence ? Cet homme jeune qui n'avait pas trente ans, allais-je lui ressembler ? Pouvais-je devenir un autre lui-même ? Jusqu'à quel point mon expérience risquait-elle de rejoindre la sienne ? Était-il raisonnable de rapprocher nos vies ? Les autres, les décédés, les déjà morts, ceux qui viennent de mourir, sont ceux qui me ramènent le plus sûrement à moi. À la précarité de ma situation.

Je me suis demandé quel trajet cette nouvelle allait effectuer en moi, si je devais dorénavant me méfier de ma bonne forme relative, moi qui voudrais souvent me croire, aujourd'hui encore, épargné pour toujours d'un mal dont je souffre pourtant déjà. Sur ces entrefaites, ma sœur m'a appelé que je n'ai absolument pas écoutée, je serais incapable de répéter ce qu'elle persistait à vouloir me verser dans l'oreille, au combiné, je venais de me souvenir, ce jeune homme, je lui avais parlé, en septembre 87, au mariage de Théodore justement, je m'étais inquiété auprès de lui de voir Stéphane si émacié : Jean-François B., le nouveau mort, m'avait simplement rétorqué que Stéphane, cet autre mort, l'avait toujours été.

Un étau se resserre.

Mais pourquoi Théodore m'a-t-il contacté ? Ce coup de fil reste une énigme.

Je déteste qu'on meure.

À la télévision, au journal, ce soir, une association de lutte contre la maladie défile dans Paris pour protester. Contre presque tout. Contre des inerties, contre des ostracismes, contre la baisse des crédits et celle des effectifs du personnel soignant quand le nombre des victimes croît mathématiquement : dans les rues, on souffle dans des sifflets ; on s'arrête à des carrefours ; des cornes de brume sont utilisées pour ameuter la population, comme autrefois on actionnait des crécelles ; des gens écartent des rideaux, apparaissent derrière des vitres, des curieux ouvrent des fenêtres, se penchent à des balcons pour voir passer l'étrange et bruyante procession ; des slogans sont pochés à la bombe sur des trottoirs, écrits provisoirement avec un projecteur aux parois des façades ; on illumine avec des mots les intérieurs, et des bureaux et des appartements ; des tracts sont collés vite sur des vitrines, à des poteaux ; des pancartes sont brandies, se répètent, dans la foule, à des formats égaux, aux graphismes identiques ; des drapeaux qu'on sait qu'on a voulus portant couleurs communes flottent au-dessus des têtes ; on sent qu'on a cherché des accumulations, l'effet de ces séries, de ces recommencements ; qu'on a souhaité ces images analogues, toutes ces équivalences ; on a organisé une unanimité des lignes et des dessins, la solidarité des proportions et des volumes ; on dirait, dans la nuit, le départ d'une armée sombre et unitaire. En marche vers une guerre.

On contrefait également la mort en s'allongeant par centaines sur la chaussée ; on impose un silence quand un hôpital jalonne le parcours.

On reconnaît, ici ou là, sur l'écran, parmi les manifestants, de l'agonie sur des visages.

Dimanche 24. Chaque fois qu'un insecte me pique, malgré tout le soin dont j'entoure, le soir, le moment de mon coucher, en surveillant ma lumière et l'ouverture de ma lucarne, malgré l'huile décongestionnante que j'applique immédiatement sur ma peau, le point initial de la piqûre devient rapidement le centre générateur d'une réaction disproportionnée, d'un rond sensible et rouge, d'une auréole dont la circonférence dépasse largement celle du premier bouton, comme une tache d'encre déborde et grandit démesurément la petite goutte du début que le buvard a absorbée.

Sans date. Savoir que je ne peux pas ne pas mourir du sida, savoir que, statistiquement, tous les malades en sont morts, en meurent ou en mourront, ne m'a pas encore, à ce jour et à mes propres yeux, rendu complètement mortel.

Vendredi 29. Aujourd'hui je ne lutte même plus pour cacher à mes interlocuteurs l'ennui qu'une conversation produit le plus souvent sur moi ; à l'inverse d'hier où je tâchais, quand je sentais mon attention défaillir, qu'on n'en remarquât rien, je n'ai maintenant ni la patience ni la volonté de cet effort, de démentir par un sourire ou une explication aimable, d'inverser les signes extérieurs, physiques, de mon indifférence ; je n'appréhende désormais plus le moment où ils s'apercevront que je n'écoute pas. J'abrège les discussions ; j'interromps ; je coupe la parole ; je suis impoli ; je fausse compagnie ; je file à l'anglaise ; je démissionne. Tout mon corps bâille et me pèse. Je ne suis plus guidé par les convenances.

J'ai enfin résolu de consentir à la fatigue.

Je suis stupéfait de constater avec quelle rapidité, quelques semaines, quelques jours seulement d'inactivité, d'angoisse et de retombement, hypothèquent des mois, voire des années, d'optimisme et d'énergie ; à quel point la bonne humeur et l'entêtement à résister peuvent être si facilement invalidés, n'empêchent pas qu'on s'effondre d'un coup ; combien peu, dans ce cas, le passé garantit l'avenir, et combien vite le mépris de la vie succède alors à son envie monumentale.

Sans date. J'ai rêvé, dans un train qui me reconduisait ce soir chez moi, en regardant dehors par un carreau, en me laissant séduire par les oscillations régulières du compartiment et le bruit des traverses, endormeur comme un médicament, d'être, comme ces milliers de lumières électriques qui imprimaient la nuit de la banlieue qu'on traversait (lampadaires, phares furtifs des voitures, enseignes, néons clignotants, éclats d'ampoules derrière des vitres, au voilage d'un rideau, dans le rectangle d'une fenêtre), j'ai rêvé que j'étais, comme ces étoiles urbaines, disséminées sur terre comme si le ciel, en se penchant, s'y reflétait, un peu partout, multiplié ou divisé, afin de ne me retrouver précisément nulle part.

Juin. Jeudi 04. Parce que je ne supportais plus que du silence, dans nos conversations, m'éloignât d'elle, parce que je ne voulais pas qu'elle pût interpréter comme des manquements à l'amitié, comme du désintérêt ou de la malveillance, certaines de mes distances, certaines froideurs, certains refus de m'amuser et de sortir parfois spontanément quand elle m'y invitait, et puis mes brusqueries, mes impatiences soudaines et mes départs rapides quand nous nous rencontrions et que, pressé par de la fatigue, je précipitais le moment de notre séparation, j'ai, hier soir, tout expliqué à mon amie Heidi. J'ai vu, en relevant la tête que j'avais gardée baissée pendant que je parlais, un visage inconnu de moi. Tordu par une douleur. Nous avons, tous les deux, chacun de son côté, un temps très bref, succombé simultanément à une émotion : moi de dire et elle d'apprendre. J'ai essayé de rassurer immédiatement sa peur de mon avenir. Je nous ai tout de suite raisonnés.

Samedi 20. Je me remets sérieusement au sport. Je mange de nouveau exagérément. Je pense avoir grossi.

Mardi 23. Été à l'hôpital pour mon aérosol et ma consultation mensuels. Un résultat tombe qui sécurise un peu : antigénémie p 24 (autre marqueur de la réplication virale), négative. Le virus n'a pas encore pleinement colonisé mon sang.

Mercredi 24. J'ai revu l'oculiste qui porte la mort en son nom, derrière son ophtalmoscope, l'instrument qui permet, après l'agrandissement de la pupille, de détecter des infections de la rétine (ou des régions périphériques), par un cytomégalovirus, entre autres. Il me parle de sa voix égale ; il est toujours aussi scrupuleux d'éviter un impair ; il réconforte ; il minimise la gravité de mon cas. Il est irréprochable.

J'essaye, ces derniers temps, de me suralimenter et de remotiver l'espoir. J'ai recommencé de me rendre quotidiennement dans des gymnases. Je crois que j'ai repris du poids. Je n'ose pas encore le vérifier pieds nus, en slip, debout sur une balance.

La petite pointe assassine d'Olivier, tout à l'heure, plus inconscient que cruel, séronégatif et audiblement agacé d'une comparaison qui ne lui convient pas, pensant probablement à sa santé florissante, à son grand corps robuste dont beaucoup font éloge, se souvenant du mien, aminci depuis peu, fragilisé, parfois chancelant, possiblement infirme, si fier de son image qu'il en oublie ce matin, au téléphone, de préserver son meilleur ami en route vers la mort, soucieux de trouver une cause rationnelle à un rapprochement, à cette ressemblance physique que Frédérique, une de mes amies, qu'il connaît, à qui il a rendu visite hier, dit apercevoir bizarrement de plus en plus entre lui et moi, ayant douté un instant, en découvrant mon double dans le cadre de sa porte, après avoir ouvert, s'il ne s'agissait pas de moi, d'un frère ou d'un sosie, au lieu de lui qu'elle attendait, à l'heure du rendez-vous dont ils étaient convenus la veille, Olivier m'expliquant, *C'est vrai que j'ai maigri ces derniers temps !*

Sans date. J'ai toujours redouté, depuis le début, le regard des autres, à la vérité moins de ceux qui ignorent encore ma situation que de ceux qui l'ont apprise, de mes parents, de mes frères, de ma sœur, de certains amis confidents, Olivier naturellement, Gareth, Heidi, Frédérique ou Françoise, et, dans une bien moindre mesure, du personnel hospitalier, du corps médical, des infirmières et des docteurs qui m'entourent (car ils répètent, ils distribuent également sur leurs malades, sur des centaines, l'attention, non plus unique, mais innombrable, qu'ils vous portent ; votre cas n'a pas ou peu d'épaisseur pour eux, il tend à se dépersonnaliser, il est l'unité d'une pluralité ; je les touche peu parce que beaucoup les occupent, identiques à moi ; un amaigrissement, chaque affection nouvelle chez un patient ressortit moins pour eux du drame individuel que d'un itinéraire clinique presque normal, commun à tant d'autres, d'une donnée médicale devenue coutumière) : j'ai peur que ces regards qu'on pose sur moi ne devancent le mien, qu'on ne me découvre avant moi, que ceux qui savent ne les orientent mal, je veux dire, toujours dans le même sens, j'ai peur de faire à travers eux l'apprentissage d'une mutation, que chaque rencontre ne soit pour eux l'occasion de reconnaître le malade que je deviens ou risque de devenir, qu'ils ne m'envisagent comme je me refuse encore souvent de m'envisager, qu'on ne recherche, malgré soi, le show de mon déclin et que cette quête inévitable des yeux, impossible à contrarier, de ceux qui sont informés, ne m'installe dans la défaite, ne m'oblige, sans qu'on le veuille vraiment, à me conformer à l'idée qu'on se fait forcément de moi, et ne me rende effectivement souffrant. Ne produise de la maladie. Ne finisse par devenir ma maladie elle-même.

Avec eux, je me vois.

Je voudrais échapper à cette logique des regards.

Dimanche 28. J'ai passé le week-end chez Olivier. Nos rapports ne sont absolument pas à la mesure de l'épreuve que je traverse. Je m'étonne, une fois loin de lui, de ma propre futilité, des propos insignifiants que je lui tiens, de ce temps que nous perdons à ne pas parler, ou sinon mal, de ce qui m'arrive. Je m'en veux, de retour chez moi, de n'avoir pas osé le relancer plus. Je suis toujours au bord de le faire, mais je sens en lui quelque chose de fermé, d'hermétique, qui retient de s'ouvrir davantage. Je crois que nous nous épuisons à contourner l'essentiel. Je disparaîtrai peut-être sans que nous ayons, ensemble, réussi à saisir ce que je vis.

Il est vrai cependant que je reproche à d'autres de ne pas opérer cette négation du drame, de me remémorer sans cesse à moi ; mais alors, comment parvenir à concilier ces deux exigences contradictoires : m'oublier et me souvenir de moi, assimiler ou bien escamoter ma maladie, l'événement le plus important de ma vie ?

Sans date. Me suis remis sérieusement au sport. Me suis acheté des protéines en poudre pour regagner un peu de poids. Me suis promené, comme un forcené, toutes les nuits de la semaine, bien qu'il plût continuellement, dans des rues, jusqu'aux matins, poussé par des envies, lancé vers un but, à la recherche d'un objet que j'ignore, de quelque chose ou de quelqu'un (d'un ami ? d'un amant ? d'une anecdote ? d'une conversation qui durerait ? de ma santé perdue ?). Ai parlé à des hommes rencontrés au hasard de mes itinéraires. Je crois encore parfois, au contact d'un autre, quand on s'attache avec des mots dans de l'obscurité, quand des caresses sont imminentes, à la possibilité du bonheur.

Sans date. J'ai confié, d'abord à Gareth, puis à Heidi, ma crainte que la fin de la rédaction de mon livre ne constitue un carrefour, une frontière, une borne sur la ligne de mon agonie, ne marque un aboutissement, après quoi il semblait que tout pût m'arriver. Je leur explique que j'appréhende cette bifurcation de mon destin d'après l'écriture.

Août. Mardi 04. Je m'étonne de la facilité avec laquelle j'exécute ici, à la campagne, en vacances chez mes parents, devant ma mère surtout, quand j'ai souhaité si longtemps que tout restât secret, ces gestes, encore inconnus d'elle, issus de la maladie et de l'aggravation récente de mon état (ingestion de médicaments, précautions sanitaires, désinfections multiples, traitements divers, applications quotidiennes de pommades fongicides, soins curatifs ou préventifs) ; je parviens à laisser mes grandes et mes petites souffrances me modifier ouvertement, et mes infirmités me coller à la peau ; je supporte mieux que mes faiblesses affleurent à ma démarche, à ma façon de mal bouger, de me déplacer parfois trop lentement, ou lourdement, quand je descends ou que je monte malaisément les degrés de l'échelle qui permet d'accéder aux chambres de l'étage, de ne pas toujours tenir parfaitement droite la ligne de mon dos qu'aucune volonté de paraître en forme ne redresse plus machinalement ; j'ai cessé de m'obliger à simuler la bonne santé ; l'épuisement peut gagner les traits de mon visage, qui s'affaissent progressivement, au fil des heures, ou d'un seul coup, au cours d'une conversation, d'un effort un peu long, et jusqu'à mes propos, alors, les mots que je prononce deviennent si mous qu'on dirait que soudain il me manque le muscle de la parole ; je suis capable de ne plus me surveiller autant pour opposer à l'inquiétude de ceux qui m'entourent, ma mine radieuse. Un maintien impeccable. Mais si ce consentement à la maladie, nouveau pour moi, constaté par d'autres, si ces permissions, ces marges, ce relâchement que je m'accorde, produisent parfois un délassement, sont un repos, un soulagement, une trêve, une petite paix, je sens aussi qu'ils comportent un danger : celui de ne m'en relever jamais.

Dimanche 09. Quand je m'assois, un peu indifférent aux autres, silencieux, à l'écart, sur le petit banc de pierre installé précairement à l'entrée du jardin, sous le grand noyer vert, près de la route, en humant l'air de la campagne comme le ferait un animal en ouvrant ses narines, en respirant l'odeur des champs, l'odeur des prés, du foin coupé et de la ronce en fleurs dans des bosquets voisins, la tête tendue vers le vent, les yeux aveuglés dans le soleil, essayant de ne penser à rien, accroché à quelques sensations élémentaires, je devine ma mère qui s'interrompt provisoirement dans son ménage et qui m'observe, de sa cuisine, derrière les petits carreaux de la fenêtre : elle cherche à relier ce qu'elle voit à ce qu'elle sait.

Elle me constate.

Sans date. Ici, on s'est privé pour moi du lit le plus moelleux de la maison ; on m'accommode sans arrêt des conforts ; on s'intéresse à mon bien-être ; on prévient mes fatigues ; on me tend des coussins ; on me propose des couvertures ; on m'offre, au soir, le siège tout chaud près de la cheminée ; on m'emmitoufle ; on me prépare des coins où je puisse me lover aisément ; on me dispose à la paresse ; on imagine des sécurités : on ferme des portes et des fenêtres, on met directement au sale les serviettes ou les linges qu'on a négligemment laissés tomber au sol ; mon père, âgé de plus du double de mon âge, veut me céder son grand fauteuil devant la télévision ; on me suppose des difficultés ; on s'écarte, quand on se gêne dans un endroit réduit, pour me laisser passer ; on se dérange quand je pourrais le faire aussi ; on m'économise ; on m'épargne des charges ; on se lève de table, à ma place, quand on mange au salon, pour rapporter de la cuisine, un couvert, une nourriture qu'on y a oubliée ; on interroge, aux repas, du regard ou de la voix, l'importance de mon appétit ; on se préoccupe de mes envies ; on devance mes attentes ; on s'empresse d'acquiescer à mes désirs les moins indispensables : on a pour moi des indulgences.

Un oncle venu aider à l'aménagement de la petite ferme assiste sans rien dire à ces étrangetés. Il ne doit rien comprendre. Je me sens, sous ses yeux, devant tant de prévenances, visible et impotent.

Alors je redeviens l'enfant d'antan, dépendant, assisté, l'enfant particulier que j'ai été parfois, désagréable, qui s'irrite facilement des attentions multipliées, du souci insistant qu'on peut avoir de lui, et je laisse échapper, à des sollicitudes, un faible grognement, quelques syllabes à peine audibles, dont on ne saurait dire s'il s'agit du commencement de ma réponse ou du refus d'en donner vraiment une.

Et puis, j'ai retrouvé également des attitudes et des timidités de mon adolescence : je reste enfermé par exemple, je ne me montre pas lors de visites à mes parents, comme je le faisais naguère quand des invités entraient dans notre appartement, que j'hésitais à sortir de ma chambre pour aller saluer, dans le couloir ou à l'entrée, de crainte qu'on me fît parler, qu'on me posât des questions sur moi. Qu'on me dévisageât.

Septembre. Vendredi 11. Devant mes réticences à m'administrer docilement de nouveaux traitements quand il me les propose, devant mes lassitudes nombreuses, mon médecin m'a avoué aujourd'hui que dans une situation comparable à la mienne, il se serait sans aucun doute résolu déjà, à son encontre, à de certaines extrémités : il concevait explicitement qu'on pût vouloir, un jour, pour s'en sortir, recourir au suicide.

Lundi 21. J'ai vu, ce midi, un jeune homme à la mise soignée, au cheveu bien peigné, à la peau lisse, aux joues rasées de près, sortir, plein de sourires et d'entrain, de la lumière aux yeux, du petit bureau où mon médecin consulte, et refermer énergiquement la porte derrière lui. L'idée, la perspective de sa propre fin ne l'avait pas encore entamé.

Octobre. Mercredi 07. Si j'avais eu, cette nuit, sous la main, dans ma pharmacie, quelque drogue, un produit vénéneux, un somnifère puissant à mélanger à de l'alcool, ou toute autre chimie capable d'arrêter mon cœur, je me serais tué.

Sans date. Souvent je me persuade, en face de moi dans les miroirs, que ce nouveau visage, que je ne rase plus guère aujourd'hui par peur de l'endommager davantage, terne, creusé précocement, touché par une maigreur encore inapparente à d'autres, poché de cernes noirs, parfois couvert d'anomalies, que cette peau sale, tachée, au grain chargé d'irrégularités, bossuée, par endroits, à l'examen précis des doigts, de toutes petites proéminences, grignotée peu à peu par les dermites et les mycoses, rougie par les remèdes, desséchée par les gels à base de cortisone, n'est qu'une croûte superficielle, qu'un masque fragile et provisoire qu'il suffirait que je lave rapidement, que je gratte un peu, que je passe à l'eau pour qu'il se décolle comme une pellicule ou se résorbe comme un fard, pour que je me revoie enfin ; il suffirait que j'exerce ma patience, que je me décide à le nettoyer, à le débarrasser consciencieusement de ses scories, à le polir comme un sculpteur lisse à la fin longuement, extraite de la matière informe, la tête grossière du début ; il faudrait que je le frictionne pour le ranimer, pour l'éveiller à un peu plus de vie, pour le sortir de ce mauvais sommeil où la maladie semble l'avoir plongé, comme on se pince énergiquement aux joues, les matins ou les nuits de grand froid, afin de dissiper l'engourdissement des chairs : je le rincerais longtemps, je soignerais correctement mon épiderme, j'appliquerais à sa surface quelque crème hydratante et fongicide, je couperais mes cheveux, je sourirais à mon reflet ; alors réapparaîtrait peut-être mon autre figure, celle, idéale, de la bonne santé, en fait indemne, préservée, perdue passagèrement de vue, juste cachée derrière une autre ;

je ne fais rien, je maintiens l'illusion d'un visage qui serait réversible, d'une apparence logique, compréhensible, que j'aurais librement adoptée puisque je me néglige, puisque j'ai décidé de ne pas l'entretenir, image que je suis convaincu que je pourrais assurément gommer d'un coup, comme un prestidigitateur, si je m'y employais vraiment ;

mais je n'ai plus maintenant le courage de ce petit travail devant le durcissement, jour après jour, comme un plâtre qui prend, de ces drôles de contours ; je les laisse en l'état ; j'appréhende de les traiter réellement ; je crains sans doute de découvrir que ces traits actuels sont vraisemblablement indélébiles et tout traitement inefficace ; je n'ose pas prendre ce risque de constater qu'ils ne s'effaceraient pas ; et cet effort, la reconquête de mon ancienne physionomie, pourtant à la portée de la main, que je ne produis pas, auquel je ne me résous pas, reste un fait uniquement possible, un grand projet que je me garde bien d'exécuter complètement, une simple éventualité ; et c'est précisément cette proximité de ma figure enfouie, à la limite de redevenir présente, si près d'être visible, mais difficile apparemment à recouvrer vraiment, et peut-être disparue, intérieure pour toujours, qui *est* ma maladie.

Sans date. J'ai ressenti pour la première fois, d'une façon violente, en surprenant cette après-midi de jeunes hommes qui exerçaient leur corps dans la cour d'une caserne, la bonne santé comme une arrogance. J'ai tout envié : leur énergie, leurs formes pleines, la rectitude de leur maintien, la qualité des muscles, leur aisance à l'effort.

Samedi 10. Nous pénétrons dans l'appartement du mort. Dans la chambre, debout devant des placards ouverts ou accroupis devant des cartons qu'ils remplissent, une femme (sa sœur), et deux hommes (son frère et un ancien amant), s'occupent sans conviction au déménagement des affaires. Des piles de vêtements, sorties d'une armoire, sont éparpillées au sol, sur le lit, sur le dossier des chaises et les bras d'un fauteuil. On voit, rangées dans des caisses, des boîtes de médicaments, pour la plupart encore conditionnées, que je ne connais pas : ce sont les traces d'une hospitalisation récente à domicile. Un pied à perfusions, qui gênait sans doute, est poussé dans un coin. L'espace est, par endroits, encombré des produits de l'agonie. On entend, dans la salle de bains, le tambour d'une machine à laver qui tourne. Où sont bouillis, nous l'apprendrons plus tard, parmi des phrases, les derniers linges souillés de celui qui vient de décéder. Le gros homme (le frère) époussette lentement, méticuleusement, à l'aide d'un mouchoir en papier, un magnétoscope que la famille doit rendre à une société de location. Il fait des gestes tout petits. Dehors, aux vitres des fenêtres, passent des nuages. De hautes bibliothèques flanquent, jusqu'au plafond, deux pans entiers de murs : des livres d'art, des revues, des catalogues, des monographies, des albums, des romans, peu de bibelots, quelques reproductions, des photographies, la somme, en papier et en menus objets, habituelle de toute une vie ; je repère vite, sur un rayon, près du chevet, à portée de la main, les lectures de la maladie : les dernières publications de Guibert, et, entre deux recueils de poésie, un manuel sur le suicide. Sur des étagères, accessibles aux regards, du Rétrovir, l'antiviral, du Triflucan, un antifongique, aux boîtes ostensiblement amoncelées, que je garde cachées, à la maison, depuis des années, derrière l'élévation compacte de plusieurs annuaires téléphoniques, ou derrière des habits, avec d'autres médicaments, ceux que j'estime les plus compromettants, perchés, loin des curiosités, au plus haut d'une penderie. Le tri de chaque chose est un souvenir pour chacun. Ils se rappellent des anecdotes. Ils s'attendrissent un peu. La femme dit, *Je n'ai plus assez de larmes pour pleurer.* On me montre un portrait. On discute de la destination de tout ce fonds laissé sans propriétaire. De sa distribution prochaine. J'ai pensé, On va bientôt dénouer, en les répartissant entre des proches et de la famille, ce fil invisible qui relie toujours les biens, aussi hétéroclites soient-ils, rassemblés, au cours d'une existence, par une même personne. J'ai vu également, très précisément, cette comparaison : toutes les acquisitions d'une vie, comme les molécules du corps qu'on venait d'incinérer, allaient perdre avec lui le principe organisateur qui les avaient jusqu'ici retenues toutes ensemble.

Dans une semaine, les pièces seraient vides, l'appartement serait vendu.

Christian, le compagnon fidèle des morts et des agonisants, ne s'était pas effondré, comme il l'avait tant craint, ni au cours ni à l'issue de cette visite où il avait absolument tenu, se sentant incapable de s'y rendre seul, à ce qu'on le suivît.

Sans date. Des renversements viennent de s'opérer en moi : à l'hôpital, je ne me cache plus par exemple, quand j'attends mon tour pour un examen ou une consultation, je ne m'isole plus, loin des autres patients, dans des couloirs déserts, annexes à celui du cabinet où mon médecin reçoit, je ne fuis plus les salles collectives ni les halls fréquentés, j'accepte de me mêler à la population des malades, je me mets à leur parler quand je me suis montré si revêche à le faire jusqu'ici, j'engage des conversations, je m'attarde auprès d'eux, je me lie, j'écoute leur histoire, je les conseille aussi, je les rassure, je leur dis de tenir bon, je souffre mieux qu'avant la familiarité de ces malheurs semblables au mien, cette promiscuité de ceux qui sont suivis, dans ce centre, pour la même pathologie que moi, j'ai moins peur de me reconnaître en eux, de ces miroirs, de ces jumeaux qu'ils deviennent parfois ; et puis surtout, je me suis accommodé de moi, je me supporte davantage, je supporte d'avoir moins faim, de me nourrir plus mal, de n'aller plus aussi régulièrement me fortifier dans des gymnases, de voir mon corps se modifier doucement, des disgrâces apparaître, de me laisser déposséder, par la maigreur et la fatigue, de mon emprise sur moi ; je marche pieds nus là où je me l'étais si souvent interdit, voulant me protéger, contraint aux précautions, craignant coupures, verrues et champignons, je ne me hâte plus d'imbiber d'alcool les petits saignements qui se produisent, quand je me suis écorché, à la surface de ma peau, je ne m'empresse plus, dès un doute, d'y appliquer le nécessaire désinfectant, la crème dermique ou le spray fongicide ; il peut désormais m'arriver de mettre mes mains par terre, de toucher certains objets, ceux, publics, que des milliers ont touchés avant moi, quand j'ai tant de fois redouté que leur contact le plus furtif ne comportât un risque, ne fût contaminant pour moi, tous ces objets de la multitude (comme les barres métalliques, verticales, pour se tenir dans le métro, ou les poignées communes des portes des magasins et des immeubles que j'ai hier ouvertes en les poussant d'une épaule ou d'une jambe), que je n'aurais pas même effleurés auparavant si j'avais douté jamais qu'ils fussent parfaitement propres, quand j'ignorais s'ils avaient subi le nettoyage qui les rendaient, à mes yeux, totalement inoffensifs ; un ressort a cédé qui ne me tient plus au souci outrancier de l'hygiène, souci qui régentait naguère tous mes gestes et les contenait exagérément en m'enchaînant à d'invariables prudences ; je ne connais pas encore le sens de ces témérités récemment apparues dans ma vie ni de ces obsessions qui ne me hantent plus ; je ne sais pas si ces dispositions nouvelles, ces négligences, ce relâchement relatif de la vigilance représentent un bienfait, un progrès, sont une vertu, ou au contraire un renoncement. S'ils célèbrent une victoire ou s'ils annoncent une fin.

Sans date. Je rêve aujourd'hui de ressembler aux silhouettes volantes, à ces figures impondérables peintes par Chagall, funambulesques, libres de toute entrave, soustraites à l'attraction terrestre, ou sans doute mieux encore aux personnages obèses de Botero, à ses tableaux, à ses sculptures, à ces hommes et à ces femmes-bulles qu'on dirait gonflés à l'hélium, enflés comme des ballons, prêts à l'élévation, épanouis dans la rondeur des chairs, dont le volume et le poids apparents ne semblent plus un empêchement à la légèreté. Ni à l'aisance. Ni au bonheur.

Sans date. Je n'ai presque pas fermé l'œil de la nuit et j'ai gardé toutes les lumières de ma chambre allumées : une peur diffuse m'a retenu de me laisser happer par le sommeil (la peur de ne pas me réveiller du tout ? celle de me réveiller transformé, impotent, plus malade, beaucoup plus vieux, encore plus près de ma fin que la veille ?).

Depuis des semaines, je ne parviens pas à m'endormir avant 4 ou 5 heures du matin. J'ai donc fini par associer le repos à la mort. Il semble qu'avec l'un je refuse aussi l'autre.

Sans date. La perspective de mourir bientôt ne m'a pas donné la clef de ma vie. On pourrait croire que ce genre d'épreuves vous renseignent vite sur l'essentiel : il m'est impossible, pour l'heure, de dire ce qui mérite mon attention, comment gouverner mes derniers jours, où incliner mes préférences. Et si parfois ce virus m'a permis de négliger l'accessoire, de me désencombrer des choses les moins indispensables, jamais il ne m'a aidé à découvrir celles qui comptaient.

Novembre. Mercredi 25. J'ai utilisé pour la première fois ce matin, dans le métro, en me rendant à l'hôpital, la carte d'invalidité qu'un ministère vient de m'attribuer. En entrant dans un compartiment, à la station République, j'ai buté contre la foule habituelle, compacte. Je n'ai pas attendu que la fatigue me prît pour demander que me cédât sa place une jeune femme qui lisait là, assise à l'un des sièges centraux, numérotés, sur une de ces banquettes réservées, par priorité, aux mutilés, aux handicapés, aux femmes enceintes, aux malades, aux esquintés, à tous les affaiblis : ces emplacements de la pitié humaine.

En m'asseyant, après avoir rangé ma carte et sa photographie (frappées chacune des tampons officiels), que j'avais exhibées pour attester de mon bon droit, j'éprouve le sentiment terrible d'avoir triché.

Sans date. Je voudrais encore rassembler ici, dans ces pages, quelques anecdotes, d'autres histoires, des histoires issues de la maladie, celles d'une génération, les histoires du sida que j'ai vécues ou qu'on m'a rapportées ; celle, par exemple, de ce médecin de garde que j'avais appelé en pleine nuit alors qu'une fièvre me brûlait depuis des heures, et qui, devant mon désarroi, devant son impuissance à soulager mes souffrances et physique et morale, a fini par apposer, s'oubliant un moment, comme un magnétiseur ou un amant, sur les points douloureux de mon corps, fermant les yeux au contact de mon épiderme, comme on goûte parfois, dans un lit, en la touchant, le plaisir de la peau d'un autre, un temps qui m'a paru inhabituellement long et qui faisait de son geste plus qu'un geste médical, mais bien une caresse, un vrai soin d'amoureux, par appliquer, comme un pansement, la paume de ses deux mains réparatrices ; ou bien l'histoire de ce malade qui, un soir, sentant la mort arriver, a réveillé son meilleur ami (qu'il employait comme chauffeur depuis des semaines), pour qu'il le conduisît, une dernière fois, en voiture, dans les rues de Paris dont il demandait, et n'avait pas cessé de demander au cours de leurs précédentes virées nocturnes, qu'on lui rappelât chaque nom, faisant répéter quand il ne savait plus lui-même se repérer, la mémoire et la vue brouillées par l'infection, allongeant le parcours, voulant rouler toujours, attendant le matin pour rentrer, afin que lui revînt un peu du souvenir de la cité qu'il avait bien connue, à la recherche certainement des lieux et des images de ce passé récent qui lui semblait alors distant de lui de plusieurs siècles, et que son conducteur a découvert, défunt au petit jour, précautionneusement installé sur la banquette-arrière du véhicule, couché sur le côté, calé sur des couvertures, lové dans un plaid, la tête contre la vitre (où la buée d'aucune respiration ne se condensait plus), la nuque un peu tordue, ouvrant de grands yeux immobiles, comme éblouis par un spectacle ; et puis celle de cet autre qui disait encore, devant des proches ébahis qui le veillaient à son chevet, quelques heures seulement avant que le mal ne l'emportât pour de bon, qu'il ne laisserait jamais la maladie l'abîmer, ni changer son apparence, comme il savait qu'elle l'avait fait pour certains devenus des monstres, transformés selon lui en gisants inutiles, dont il se souvenait cassés, méconnaissables, rivés toute la journée à un unique fauteuil ou à leur dernier lit, bêtes, comme incrédules, étrangers à eux-mêmes, proprement réduits par le virus aux os de leur squelette, incapable de s'envisager comme il les avait vus, incapable de saisir ce qui crevait les yeux, de reconnaître qu'il les avait rejoints, paralysé et alité depuis des jours, dans la laideur et l'impotence ; et celle de ce dernier, suivi par le même pneumologue que moi, et rencontré à l'hôpital à l'occasion de nos aérosols, qui m'a raccompagné à la maison, une après-midi, dérogeant à son habitude de rentrer tôt chez lui, me proposant, dans sa voiture arrêtée au coin de ma rue, n'osant pas d'abord tourner sa tête dans ma direction, retenant son souffle avant de me parler d'un trait, visiblement impressionné par une demande que je sentais qu'il formulait mentalement depuis plusieurs minutes, d'aller nous enlacer dans un hôtel, qu'il avait repéré, voisin de mon immeuble, d'aller y allonger nos corps, dans une chambre, sur un lit, pour rassurer, par des étreintes et des baisers, nos deux solitudes, nous endormir imbriqués l'un dans l'autre, ressentant comme moi, à la fin de sa vie, le besoin de se coucher encore une fois auprès d'un garçon, de le tenir dans ses bras, puis de se reposer, et de se réchauffer un peu à son côté.

Janvier. Vendredi 1ᵉʳ. Le jour de l'an, l'année dernière, à cinq heures du matin, rentré chez moi d'un réveillon, bien qu'aucune urgence ne l'exigeât apparemment, sans qu'aucune nécessité intérieure, sans qu'aucune impossibilité de ne pas y succomber m'y contraignît vraiment, j'ai laissé grandir en moi une vieille idée, je me suis progressivement abandonné à une envie confuse, une intention velléitaire, si peu précise que je ne l'ai pas tout de suite prise au sérieux, comme située au bord de la pensée, loin de ma volonté, et puis de plus en plus pressante, impérative enfin, comme une tendance finalement impossible à contrarier, comme on descend, au tout début, timidement la pente qui emportera bientôt complètement l'élan, tandis que la perspective de les commotionner commençait déjà de me bouleverser moi-même, au désir d'un aveu : tout raconter à mes parents ; j'ai décroché le combiné de mon téléphone, j'ai composé sur le clavier, pour la première fois si je me rappelle bien, le numéro de la nouvelle maison qu'ils habitaient depuis peu à la campagne, loin de Paris, une maison que je ne connaissais pas, je n'ai pas reconnu la voix de mon père, j'ai demandé de parler à ma mère, la désignant bizarrement par son nom de famille, comme si elle était, pour quelques secondes encore, une personne étrangère, mon père a dit, *C'est Christophe, on dirait qu'il pleure,* alors, à la voix de ma mère, ne sachant plus maintenant reculer, charrié par l'émotion, mettant un terme à six années pendant lesquelles j'avais gardé le silence, ouvrant pour elle les portes du malheur, la violentant après avoir pensé la ménager beaucoup, oubliant mon projet initial, mûri longuement, de protéger mes proches d'une révélation soudaine, avant que tout, cette nuit-là, ne se précipitât (j'avais imaginé un repas, un soir, un moment idéals, où j'aurais, lentement, au fil des phrases et de mes confidences, émis l'hypothèse que je fusse malade, les rassurant immédiatement, montrant ma bonne santé, donnant du sourire, serrant leurs mains, frôlant les peaux, caressant les joues des visages), j'ai supplié abruptement, sans explication, qu'elle m'assurât que je ne mourrais pas dans les mois qui suivraient, *Dis-le-moi, dis-le-moi maman, Pourquoi ?, J'ai le sida,* elle a repris plusieurs fois le mot, incompréhensible comme une abstraction, elle a répété les deux syllabes qui ont semblé cogner dans son cerveau, s'élargir indéfiniment en elle, sonores comme un écho se répercute dans un espace encore vide, j'ai entendu mon père sangloter bruyamment qui avait pris l'écouteur à côté d'elle, j'ai ajouté que je l'aimais, qu'il fallait qu'on me le dît aussi, nos deux voix se sont mélangées, tous nos mots étaient confondus, enlacés dans ma tête, il fallait qu'elle me pardonnât de la brutaliser ainsi, j'avais honte d'avoir osé les réveiller, leur confier tout un jour pareil, elle a répondu qu'elle ne comprenait pas que je ne l'eusse pas fait plus tôt, je n'aurais jamais dû attendre toutes ces années, elle était abasourdie que je me fusse tu si longtemps, j'ai encore exigé d'elle qu'elle ne prît pas la décision, pour me rejoindre ou pour se rapprocher de moi, de quitter la petite ferme qu'ils venaient d'acquérir dans le Cher, où je savais qu'elle avait si laborieusement réussi à convaincre mon père de se rendre aux premiers temps de sa retraite à lui, et qu'ils me fissent confiance, je m'étais fait à mon mal, on me soutenait, des amis sûrs m'entouraient, je me soignais, tout allait bien encore et puis, sans aucun doute, continuerait (et je mentais pour ne pas l'accabler tout à fait) d'aller ainsi toujours, la conversation a duré un peu, mon père a reparlé qui promettait de rappeler dans la journée (j'ai appris, par la suite, que toutes les heures qui avaient suivi, ils n'étaient pas arrivés à ne pas pleurer sans cesse, comme à un décès), nous avons raccroché. J'ai regardé ma chambre alentour. Elle était restée à sa place. À aucun moment les meubles et les objets n'avaient tourné. Une fièvre qui avait commencé, comme une vapeur ou un bain tièdes, de réchauffer mon corps pendant les phrases, a diffusé en moi, sous l'épiderme, un bien-être inattendu. Une étrange satisfaction physique. J'ai décontracté mes muscles. J'ai déplié mes bras et mes jambes que j'avais tenus crispés, recroquevillés, comme enroulés autour d'un point imaginaire et central. Indispensable pour écouter et pour parler. Je ressentais une espèce de repos intérieur. Presque mêlé d'une joie. J'ai mis, pour m'endormir, mes mains sur ma figure.

À mon réveil, à midi, en sursautant à la sonnerie du téléphone, j'aurais aimé pourtant que rien ne se fût jamais dit.

Mercredi 06. Noureiev est mort. Temps de pluie.

Mercredi 20. Ce soir, une interne m'annonce le verdict de deux jours successifs d'examens, après l'exploration du fibroscope, ce matin, dans mes bronches, et confirme les suspicions de mon médecin : on a finalement diagnostiqué ma première infection opportuniste grave, une pneumocystose, la célèbre atteinte des poumons par un parasite, qui me glace la poitrine, comme au contact d'un métal, dès que j'aspire de l'air profondément. On me dit que je peux rentrer chez moi. Je prends déjà la bonne médication.

Aujourd'hui inaugure le début de mon sida déclaré. A commencé pour moi l'événement de mon agonie. Le vrai décompte des mois et des semaines.

Journée traumatisante passée dans des couloirs de l'hôpital à patienter qu'une chambre se libérât pour que je pusse m'y installer, par prudence, dans l'attente des résultats. Suis resté assis pendant des heures sur une chaise pliante, près du tout moderne service de réanimation, récemment aménagé, immaculé, où les lits, paraît-il, sont rivés par des fils au plafond, où rien ne touche plus le plancher. Où sont rapidement emportés tous ceux qui vont mourir. Il faut un code secret pour y accéder. On n'y pénètre pas sans être emballé, de la tête aux pieds, dans un papier synthétique, sans s'être préalablement revêtu de ces habits stériles qu'on jette et qu'on remplace tout de suite après.

Soudain, à l'étage, un grand empressement, on fait bruyamment coulisser les deux parois de l'ascenseur, arrive une urgence, on pousse brutalement des portes comme on donnerait des coups, on crie, deux brancardiers font vite, brusquent leurs gestes, cognent des coins, heurtent des murs avec le lit roulant. Alors, de mon côté, en spectateur solitaire, le temps du passage, j'assiste à cinq secondes. Que j'ai enregistrées. Je découvre, crispé sur le brancard, un jeune moribond du sida, brinquebalé, à bout de souffle, le corps hérissé de tubes, les yeux révulsés, mobiles comme des billes, dont on aperçoit le mouvement fou des globes, qui semblent s'épuiser à reconnaître absolument quelque chose ou quelqu'un ; des liquides, suspendus à des barres, dans des poches et dans des flacons, reliés au mourant par des sondes, sont agités dans tous les sens, on se demande comment, dans tout ce remuement, rien ne s'est décroché ni renversé encore.

Plus tard, à 19 heures, en partant, je croise, stationnée devant la porte électronique, une famille. Qui forme un rond. Emmurée, raidie dans du silence. À leurs pieds, posé au sol, le ballot des affaires du garçon qui est mort.

Dans la soirée, à plusieurs reprises, un sanglot me secoue nerveusement. Sans prévenir.

Je repense au suicide.

Sans date. Cette nuit, j'ai eu envie qu'on me réveille, qu'on me secoue, qu'un inconnu marque ma peau avec ses dents, me brutalise, que des baisers, des caresses, des morsures et des coups rendent mon corps matériel et vivant.

Sans date. J'aurais voulu, une seule fois, à la fin de ma vie, pouvoir promettre à un homme qui m'aurait aimé d'un amour égal à celui que je lui aurais porté, aussi grand que le mien, qui aurait essayé, quand il m'aurait tenu dans l'anse de ses bras, de m'enfermer, de me comprendre dans lui de la même force que celle que j'aurais déployée pour le serrer dans mon étreinte, le ramener, l'assimiler à moi, qui aurait, lui aussi, souffert de ces maux dont je souffre, âgé, comme moi, de la vieillesse prématurée, *Je te le jure, mon amour, un jour, nous revivrons, je te le promets, ailleurs, dans le repos, une seconde vie, et dans la gloire de nos vingt ans, je te le dis, nos corps seront ressuscités, oui, nous devons y croire.*

J'ai pensé, depuis ce matin, à cet amant mental. Que je n'ai pas. Je lui ai parlé tendrement. Toute la journée, je lui ai répété ces propos, un peu comme une chanson qu'on se fredonne, ou comme des litanies où on s'absorbe et qui tournent la tête. Des propos que je ne tiendrai pas. Destinés à personne.

Sans date. Je maigris.

Sans date. Au seul grand mur libre de ma chambre, face à mon lit, au-dessus de ma table, j'ai accroché deux photographies ; je les ai superposées l'une à l'autre, suspendues à la barre verticale d'une cimaise, mises chacune sous un verre : en haut, le portrait d'un enfant blond, il s'agit d'un cliché fixé dans l'entrepôt d'une morgue de Berlin, on a soigneusement lissé la touffe des cheveux, les yeux sont clos qu'on pourrait croire qu'une petite fatigue a momentanément fermés, la bouche fait l'ébauche d'un sourire, à peine, le gosse repose sous un drap blanc qui le recouvre jusqu'aux épaules, on voudrait qu'il ne fût qu'endormi ; et puis, dessous, le fameux masque mortuaire d'André Gide, empreint chez lui, rue Vaneau, le lendemain de son décès, en 1951, on voit son profil vieux, le front, les joues plissés de rides par le grand âge, le nez est fortement busqué, étonnamment proéminent, les lèvres minces, inexistantes, un simple trait à leur rapprochement, tout le visage est apaisé après la vie. Occupé par rien. Gagné par une tranquillité.

Je sens que ces cadavres pourraient me renseigner. Ils me rassurent aussi. Il semble qu'ils me réconcilient un peu avec mon propre avenir. Avec l'idée de ma propre dépouille. La mort les a tous les deux pacifiés.

Mais quels progrès ces images sont-elles vraiment censées me faire réaliser ? Qu'ai-je à attendre de ces deux corps ? Qu'ont-ils à me dire sur moi ? Que vais-je apprendre ?

Sans date. Toute la nuit, des brûlures, comme de l'acide, à l'estomac. Des diarrhées que je ne parviens pas à retenir. Je tache mon linge de corps et les draps de mon lit comme un vieillard ou un enfant.

Sans date. Le sida contracte en un temps très bref, sur quelques années, voire quelques mois, des maux superficiels aux affections qui tuent, du petit rhume aux dangereux cancers, ce qui met d'ordinaire des décennies, toute une vie d'homme à s'aggraver.

Sans date. J'en connais qui ne se soignent pas, qui croient qu'ils ne sont pas gravement contaminés, qui voient leur bonne santé, qui continuent de l'exposer à des périls, qui brûlent volontairement leurs jours, qui précipitent leur vie, qui semblent pressés d'en épuiser tous les possibles, qui se dépêchent, qui n'ont de cesse de l'enrichir d'activités, de faits nombreux, de la remplir d'actions qu'ils accumulent, d'appeler à eux des expériences, de provoquer des circonstances, de rechercher des nouveautés, de rencontrer des sensations qu'ils ne connaissaient pas : ils attirent les moments, ils mangent le temps comme des adolescentes anorexiques et boulimiques se jettent névrotiquement sur toutes les nourritures dont elles pressentent qu'elles seront prochainement écœurées.

Moi, je mène une existence débarrassée de toute histoire, privée de tout spectacle, vidée de la moindre anecdote, pauvre en péripéties. Je vis une vie de sédentaire, de petit épargnant, de trotte-menu, de casanier, de veuf plein de prudences et de timidités. Une vie où plus rien ne se passe. Une vie sans événement.

Avant, je voulais de la mobilité, des allées et venues, des départs, des retours, des gares et des aéroports. Je me sentais doué pour l'énergie, les déplacements, les aventures du corps et de l'esprit, prêt à tous les périples, fait pour l'espace et les mouvements. J'étais avide. J'avais des curiosités. La maladie a ralenti mes rythmes, étriqué mes gestes, réduit le champ de mes envies, rétréci mon univers à l'espace de ma chambre, diminué le nombre des amis. Je ne lis presque plus. Je n'ai pas voyagé depuis plusieurs années, rivé à un seul lieu. Pratiquement, je ne quitte plus Paris. Au-delà des contraintes médicales, un curieux magnétisme, un aimant, une force étrangement centripète me retient dans ma ville, mon quartier, dans ma rue, me lie à mon immeuble, à mon sixième étage et à mon lit, m'a empêché de me sauver de ce qui aurait pu ne pas me ramener à moi sans cesse.

Je suis, du matin jusqu'au soir, de mon lever à mon coucher, occupé exclusivement par moi. Je n'ai pas réussi à me défaire de moi. Je suis devenu l'unique objet de mon attention. On m'a imposé à moi-même. On m'a cloué à ma personne.

À aucun moment mon corps ne me laisse désormais plus en paix. Il n'est plus jamais absent de ma conscience. Il m'est pesant. En permanence. Je ne me souviens pas, sans quelque nostalgie, de ces journées que je traversais naguère où je n'y inclinais aucune de mes pensées, où il me suivait plutôt que le contraire, où il était parfois si léger, si maniable, si docile, si peu présent à mon esprit, si loin de moi, qu'il semblait presque qu'il n'existât pas.

Sans date. Un ophtalmologue m'avoue, l'autre jour, à ma dernière auscultation des yeux, que le sida se trouve parfois à l'origine d'énigmes médicales, d'affections insolites, de maux rarissimes ou inconnus qui dépassent largement la compétence et l'entendement de tous les spécialistes. Il dit, *Certains cas stupéfient par leur primarité.*

Sans date. Aujourd'hui je saurai où j'en suis. J'ai laissé volontairement passer plusieurs semaines sans fixer mon image. J'ai continué de m'appliquer consciencieusement mes crèmes pour la peau, contre des champignons qui prolifèrent, mais je me suis évité des yeux en glissant vite sur moi sans me retenir vraiment, quand j'ai, pendant des années, scruté l'inexistant ; je ne me voyais plus, un peu comme un sujet qu'on photographie n'impressionne pas suffisamment la pellicule si le temps de son exposition a été trop rapide. J'ai pris, ces derniers temps, l'habitude de m'épargner mon regard, de me détourner de moi-même quand je manquais m'apercevoir. Tous les matins, un rai nouveau qui creusait des reliefs, une lumière oblique, rasante, interceptait, selon sa direction ou son intensité, au seul petit miroir, posé sur un rayon dans un placard, où j'acceptasse encore de contrôler furtivement mon profil en faisant ma toilette, une curiosité que je n'avais jamais décelée auparavant : à chaque réveil, un crâne, un faciès inédits. Ma tête de mort me sautait désormais aux yeux.

Je négligeais évidemment de m'enregistrer sous cet angle.

Tout à l'heure, je vais forcer mes résistances, je vais oser, pour la première fois depuis longtemps, me mettre nu devant une glace. M'examiner froidement de pied en cap. Je ne vais pas sourire ni grimacer pour m'empêcher de m'apparaître comme je suis certainement devenu. Je ne vais pas singer des poses. Je dénouerai la serviette dont j'aurai ceint ma taille après ma douche. Je ne serai pas incrédule comme devant un spectacle auquel je ne me serais pas attendu et qui passerait mes prévisions, comme aux premières métamorphoses, si je me rappelle bien, à ces premières confrontations avec soi-même quand on a commencé de s'amincir et de changer un peu.

Alors, comme pour ces cires anatomiques, ces écorchés des facultés de médecine qu'on garde dans des caves ou qu'on expose parfois dans des vitrines, mon intérieur adhérera sûrement à ma surface. Ce qui était resté caché sera devenu visible. Je serai un peu plus transparent. Débarrassé d'une enveloppe opaque. Comme si je retrouvais en quelque sorte une apparence fondamentale, que je subisse l'une de ces deux extrémités de l'existence, celle, primitive, antérieure à la naissance, du fœtus, ou plutôt celle, terminale, postérieure à la vie, du cadavre.

Je vais me regarder. Mon squelette saillera davantage. On lira mieux chaque articulation : les épaules, les coudes, les poignets, les genoux. Les os de mon bassin ressortiront un peu plus à mes hanches. Mes joues seront plus rentrées que dans mon souvenir. Des mycoses plus nombreuses auront rougi ma peau malgré la cortisone. Des croûtes et des boutons seront éparpillés un peu partout. Je ferai des découvertes. Des événements récents se seront produits. Des creux qui n'étaient pas là, des ombres que j'ignorais auront apparu. L'agonie aura continué d'aggraver des déficits, de dégager des angles aigus, les clavicules, d'autres arêtes, d'effiler mon cou, de fondre les régions, encore pleines hier, du dos, de la poitrine, de mes cuisses et des fesses. Tout à l'heure, la maladie aura modelé ma silhouette irréversible. Je vais comprendre : je ne m'améliorerai jamais ; j'aurai franchi la limite au-delà de laquelle je m'étais pourtant juré de ne pas me laisser entraîner.

Alors, j'aurai peut-être aussi l'impression d'un retour, d'un cycle, ou plutôt, avec la maigreur, d'une régression, d'assister à la résurgence de mes anciens démons, de ne pouvoir échapper à mon passé, à ce corps filiforme de mon adolescence que j'avais essayé de polir à mon goût, de rendre robuste, d'élargir, d'épaissir, d'ancrer au sol comme avec des racines, dont j'ai tenté longtemps, pendant dix ans, de combler tous les manques disgracieux, auquel la vie et des efforts avaient pourtant fini par conférer les attributs physiques d'une certaine solidité.

Je ne me différencie plus maintenant de celui que j'avais voulu fuir, de celui que j'espérais avoir dépassé, dont j'avais préjugé trop vite m'être définitivement départi. Je ne suis pas resté dans l'âge adulte. À presque trente ans, j'ai recouvré l'aspect de mes quinze ans. Comme on a délaissé un lieu pour y revenir un jour. Pareil à un enfant prodigue, après une longue absence, qui rentre à la maison, retourne au point de son départ et revoit des objets familiers qu'il avait seulement quittés provisoirement. Comme on endosse parfois un vieux vêtement qu'on croyait étriqué. Qu'on ignorait qu'on pût porter toujours.

Tout à l'heure, j'ai sans doute aperçu l'ultime portrait de moi. Mon dernier corps. Et mon dernier visage.

À l'hôpital, dans mon service, aux étages, les chambres sans miroir sont les chambres où on meurt.

3

Temps du rêve

J'ai cherché, durant les nuits, sur ma couche, celui qu'aime mon âme ; je l'ai cherché, mais ne l'ai pas trouvé.

Je me lèverai maintenant, et je ferai le tour de la ville ; dans les rues et sur les places publiques, je chercherai celui qu'aime mon âme. Je l'ai cherché, mais ne l'ai pas trouvé.

Le Cantique des Cantiques, 3 : 1, 2.

D'abord vous vous seriez connus et la rencontre aurait été facile. Vous vous seriez connus comme des frères se revoient, n'éprouvant pas le sentiment d'une nouveauté, comme il prévaut souvent quand on commence de fréquenter une personne jusqu'ici étrangère ou de lier une amitié. Vous vous seriez avancés l'un vers l'autre. Vous auriez décidé de marcher. Vous vous seriez promenés longuement, échangeant des propos, vous taisant aussi, croisant vos yeux de temps en temps. Vous auriez tout de suite harmonisé la cadence de vos pas. Vous auriez désiré les mêmes itinéraires, empruntant des chemins, allant dans des sentiers, montant des pentes, redescendant, inventant des trajets, ralentissant peut-être à des panoramas, vous attardant, vous arrêtant parfois. Vous auriez regardé l'événement de l'été, humant, à des stations, la belle saison qui aurait commencé. Vous auriez respiré, dilatant vos poumons, l'air qui serait venu du large. Vous vous seriez racontés l'un à l'autre. Tu aurais écouté son histoire et tu aurais parlé de toi également. Dans la soirée, vous auriez à peine été surpris qu'une journée entière fût maintenant écoulée. Il vous aurait semblé logique que vous fussiez déjà intimes.

La nuit qui aurait suivi aurait paru se prolonger longtemps bien qu'elle eût été courte au cadran de vos montres. D'autres y auraient succédé. On se serait installés dans des automobiles qu'on aurait découvertes. Des vitres auraient été baissées. On aurait glissé sur des routes bordées de sycomores et de cyprès. Des parfums se seraient exhalés. Des buissons se seraient révélés, que les phares, dans des virages, auraient éclairés vite. Il y aurait eu des étoiles suspendues partout. Tu aurais laissé le vent filer sur ton visage. Tu aurais tendu un bras par-dessus des portières, ouvert une main pour éprouver la résistance de l'air. Chaque particule de l'atmosphère t'aurait semblé précisément palpable. Vous auriez roulé près du rivage. Vous auriez longé la mer où auraient clignoté des reflets. La tiédeur de ces heures aurait été comme un lainage autour de vous. Vous auriez été serrés l'un contre l'autre et tu aurais senti la possibilité de vous rapprocher plus. Vous ne l'auriez pas fait. Non, vous n'auriez pas eu immédiatement besoin de la réalité de vos caresses. Vous vous seriez contentés d'imminences. Puis vous auriez décidé de garer la voiture au bord de quelque allée. Le moteur aurait été coupé. Vous auriez ajouté le plaisir de vous étreindre enfin à celui, presque aussi physique, d'avoir prévu, depuis de longues minutes, que vous vous toucheriez bientôt. La vie aurait été lente. Tu aurais tout confondu. Les cercles de vos gestes, vos deux respirations, le contact des peaux, tout cela se serait mélangé dans ta tête. Vous auriez sommeillé un peu. Puis on aurait redémarré, passant des bois chargés d'odeurs, rasant des coins d'ombre, remuant des branchages, découvrant des parcours, roulant dans la campagne, traversant des villages, circulant dans des villes aux chaussées régulières. L'espace aurait été plein de mystères et tentateur comme un alcool. Votre voyage jusqu'au matin aurait été un même moment répété sans cesse. Vous auriez poursuivi tu ne sais quelle direction idéale et tu aurais aimé que rien ne s'achevât, que rien ne fût interrompu, que ça continuât toujours ainsi à tendre vers quelque but que vous n'auriez jamais atteint. Mais vous seriez finalement rentrés.

L'image, au réveil, se présenterait de la façon suivante : droit devant soi, une fenêtre serait ouverte dont on viendrait de tirer les rideaux et de pousser les deux volets vers l'extérieur pour que le jour pénètre jusqu'à vous. Vous seriez rapidement revenus dans le lit. Un seul drap blanc recouvrirait vos corps. Tu fixerais la vue comme on observe une toile. Tu serais séduit : les huisseries sembleraient le cadre d'un tableau ; un rectangle, pris dans sa hauteur, aperçu donc verticalement, serait inscrit dans celui, plus grand, d'un des quatre murs de la chambre ; apparaîtraient alors, quand les persiennes auraient été calées à leurs crochets, les trois bandes, horizontales et parallèles, superposées les unes aux autres, d'une largeur égale, de la plage, de la mer et du ciel ; la première, si l'on remonte de bas en haut, celle du sable, aurait pris la couleur des deux autres ; la suivante, celle des flots, supérieure, dans le champ de ta vision, à la précédente, bien qu'elle soit située plus loin, serait d'un bleu intact ; la troisième, la plus élevée, serait d'un bleu sans trace également ; ces deux dernières n'en formeraient qu'une seule, le trait précis de l'horizon qui aurait pu les distinguer étant invariablement remplacé par une sorte de brume. Aucune branche d'aucun arbre, aucun bateau, aucun oiseau n'imprimerait encore sa marque. Les différentes parties, que tu devinerais pourtant, du paysage (les lacets des routes, les maisons étagées sur des pentes, toute la végétation, les fleurs, les plantes, les mimosas, les lauriers-roses, les multiples essences, les conifères, les pins parasols, les chênes verts, les oliviers, les orangers) ne s'échelonneraient pas, selon les lois de la perspective, du premier à l'arrière-plan, non plus indépendantes ni séparées les unes des autres, mais simplement amoncelées pour l'œil, localisées approximativement au même endroit, comme si le même intervalle les éloignait de toi, comme si une pâte commune les unifiait, comme si on les avait fondues, rassemblées dans une unique substance, comme si l'ensemble des contours était gommé, comme si ces éléments hétérogènes communiquaient entre eux, liés comme des liquides qui se mélangent ou comme ces composants chimiques qui perdent, en s'agrégeant, leurs caractéristiques pour s'unir en une seule molécule. Comme si ton attention enfin les retenait groupées sans en retenir aucune exactement et qu'il s'agît en fait d'un aplat uniforme.

Tous les matins, vous assisteriez, d'un coup, semblable à celle que vous auriez connue la veille, à l'irruption, dans votre chambre, de la lumière inondant tout, éclairant les surfaces, définissant tous les volumes, précisant les reliefs des objets et des meubles (des lampes, des chaises, de la table, du fauteuil et du lit). Vous retrouveriez, chaque fois, ce réveil brutal des choses. Vous auriez l'impression, à cette augmentation soudaine de l'espace, que vos propres limites s'élargiraient aussi. Vos désirs, alors, seraient infinis.

Dehors, les ombres seraient déjà bien prises au sol, très nettes au pied des corps opaques. Tu remarquerais la clarté blanche et sèche. Piquante à côté. Vous voudriez profiter du beau temps. Vous seriez levés de bonne heure. Vous prendriez une douche. Vous vous dépêcheriez. Vous seriez impatients. Vous sortiriez. Vous vous étendriez sur des serviettes. Le soleil écraserait. Vous oublieriez souvent de déjeuner.

Alors chacune de vos journées rappellerait celles qui l'auraient précédée et la venue du soir, après l'heure des baignades, serait lentement déclive. Insensible. On parviendrait graduellement au crépuscule sans qu'on l'ait tout d'abord remarqué, sans qu'on ait eu auparavant l'idée d'aucun passage, d'aucune chronologie. L'éclat du ciel serait toujours si invariable qu'on ne penserait pas qu'aucun déclin du jour pourrait en altérer jamais la permanence.

Parfois, avec la nuit, il y aurait une averse, rapide et droite, et la pluie serait douce qui mouillerait à peine. Vous ne chercheriez pas l'abri de quelque store ou d'un auvent. Au contraire.

Vous auriez des habitudes. Quand vous auriez dîné, vous déambuleriez le long de digues, sur des quais, sur les berges d'un port. Les coques et les mâts des bateaux se balanceraient moelleusement. On entendrait le petit clapotis des vagues. Vos promenades auraient la nonchalance d'un rituel. Vous souririez aux gens. Vous seriez aimables. Vous iriez vous asseoir aux terrasses des cafés. Vous mangeriez des glaces. Vous boiriez quelque boisson alcoolisée qui tournerait la tête, et l'existence deviendrait molle. Vous parleriez parfois. Alors vous vous attacheriez avec des mots. Vous vous frôleriez. Il toucherait ta peau, le drap de tes vêtements. Alors toute ta pensée serait soudain organisée autour du minuscule point de contact qu'une épaule, qu'un coude, qu'une cuisse ou qu'un bras feraient aux tiens. Ta vie serait, pendant quelques minutes, réduite à un centimètre carré de chair ou de tissu qu'on aurait appliqué contre toi. Vous monteriez ensuite dans des voitures qui seraient découvertes. La nuit inviterait toujours à des itinéraires. Vous laisseriez chaque fois le vent glisser sur vos visages. Vous sentiriez la Méditerranée toute proche.

Vous vous trouveriez un goût évident pour le bonheur.

Le lendemain, tôt dans la matinée, vous gagneriez la côte par de petits chemins où chanteraient des insectes. La couleur bleue serait comme un repère qui guiderait vos pas. Vos chemises seraient déboutonnées. Elles seraient larges ouvertes au soleil. Vous vous ressembleriez. Vous souhaiteriez un coin désert. Vous choisiriez une crique. Sans foules. Vous ôteriez vos chaussures. Vous poseriez vos affaires. Vous vous déshabilleriez. Vous iriez vous baigner. Vous plongeriez rapidement. Vous joueriez dans la mer. Vous seriez éclaboussés. Vous ririez beaucoup à ces enfantillages. Vous vous éloigneriez du bord. L'eau vous plairait. Elle serait bienveillante où vous demeureriez. Elle vous ferait du bien. Elle encerclerait. Elle serait un long enveloppement. Un nouvel épiderme. Son mouvement mettrait autour de vous une étoffe interminable. Vous nageriez longtemps. Puis vous retourneriez sur la plage. Vous sentiriez le sable qui brûlerait sous vos pieds. Vous courriez jusqu'à vos serviettes. L'espace serait élémentaire à traverser. Tout, dans vos deux allures, aurait la même vitesse. Vos corps vous conviendraient. Tu aimerais la limpidité de chacun de vos gestes : vous déplacer, vous sécher mutuellement, vous asseoir ensemble, vous frictionner d'une ambre, vous oindre de quelque crème, vous effleurer, croquer un fruit rafraîchissant, saisir un verre, aspirer dans des pailles, boire des sirops qui couleraient dans vos gorges ne requerraient aucun effort particulier. Vous seriez symétriques. Vous vous regarderiez. Dans le grand jour, des gouttes feraient des scintillements à votre front. Alors, dans la conjugaison de vos regards, vous croiriez sans doute, un instant, être identiques l'un à l'autre. Former une même personne. Vous vous allongeriez. Des grains rouleraient au bout de vos doigts. Vous seriez calmes. Vous seriez à l'écart, presque seuls.

Tout, alentour (les palmes des arbres, le remuement invariant des vagues, ce pouls du flux et du reflux, le tangage endormeur des barques cordées à des pontons, près de la grève, les jeux des baigneurs, la circulation des autres estivants, leur flânerie parfois en face de vous, l'envol de mouettes), aurait pour vous l'étrange distance de ce qu'on voit toujours mais qu'on n'entend plus (comme il arrive que le monde apparaisse à ceux qui se défont de ce qui les entoure, en se pressant la paume des mains sur leurs oreilles, peut-être dans l'espoir de trouver le début d'un secret, quand on croit découvrir, dans ces images auxquelles on a coupé le son, une autre dimension où la nature, les personnes et les choses cacheraient, comme un double d'elles-mêmes, sous leur évidence quotidienne, toute une activité que l'ouïe empêcherait normalement de percevoir et qui serait dissimulée derrière les bruits habituels). Tout paraîtrait à la fois accessible et lointain. Affecté d'un statisme qui vous reposerait. Vous vous immobiliseriez sous la température. Du temps passerait sans qu'on le sache. Vous seriez attentifs au poids de la chaleur. À son égale répartition sur vous. Elle serait compacte. Elle appuierait comme une matière. Vous auriez la sensation complète de vous-mêmes. Les rayons tomberaient du zénith. Verticaux. On comprendrait que ce serait midi. La couleur jaune envahirait. L'ombre n'existerait pas. Tout durerait. Tous les instants s'équivaudraient. Devant vous, vous verriez, l'horizon serait vaste. La mer s'illimiterait qui ne changerait pas. L'intensité de la lumière éblouirait.

Vous plisseriez les yeux dans l'immense été. Rien ne bougerait plus. Ton être n'en finirait jamais d'affleurer à ta peau. Tu le voudrais.

Ta mort serait incompatible avec le soleil.

TABLE

Impression Bussière Camedan Imprimeries
à Saint-Amand (Cher),
le 24 octobre 1996.
Dépôt légal : octobre 1996.
Numéro d'imprimeur : 1/2504.
ISBN 2-07-040194-4. / Imprimé en France.

79586